第七枚书签

徐玲 著

南京大学出版社

我相信我的小说原本就存在，只是我不知道它们躲在哪里。它们存在于世界的某个角落，安静又调皮地注视着我，在对的时间、对的情绪里，迫不及待和我相遇，而后通过我，和你们相遇。

这些文字带着我指尖的暖意，带着我心头的爱和祈愿，排列组合，体体面面地站在这里，只为和你相遇。爱是人间永恒的主题，我们来到这个世界，就是为了感受爱、得到爱、付出爱，在爱与被爱中，在泪水与欢笑中，生命有了暖意、诗意和深意，成长路上，我们也就遇见了最好的自己。

图书在版编目(CIP)数据

第七枚书签 / 徐玲著. — 南京：南京大学出版社，2016.6
(徐玲"暖暖爱"系列小说)
ISBN 978-7-305-17116-1

Ⅰ.①第… Ⅱ.①徐… Ⅲ.①短篇小说—小说集—中国—当代 Ⅳ.①I247.7

中国版本图书馆 CIP 数据核字(2016)第134054号

出版发行 南京大学出版社
社 址 南京市汉口路22号 邮 编 210093
出 版 人 金鑫荣

丛 书 名 徐玲"暖暖爱"系列小说
书 名 第七枚书签
作 者 徐 玲
责任编辑 还 星 编辑热线 025-83686452

照 排 南京南琳图文制作有限公司
印 刷 江苏凤凰通达印刷有限公司
开 本 880×1230 1/32 印张 4.5 字数 93千
版 次 2016年6月第1版 2016年6月第1次印刷
ISBN 978-7-305-17116-1
定 价 22.00元

网址：http://www.njupco.com
官方微博：http://weibo.com/njupco
官方微信号：njupress
销售咨询热线：(025) 83594756

目录

幸福的女主角

钱可啸抓起我的笔袋，往里塞进一个皱巴巴的小纸团，朝我撇撇嘴："等回到家再看。"

我抬起下巴，有点紧张地结巴："搞得这么神秘兮兮……干什么？"与此同时，我迅速转动脑袋环视四周，看钱可啸刚刚的举动有没有不巧落入了哪位的眼里。

还好，大家都忙着收拾书包，没人在意我们。

我于是迫不及待地去动笔袋。

"嘿，跟你说到了家再看。"钱可啸帮我把笔袋藏进书包，脖子一歪，走了。

我的心脏加速跳动。天呐，小说里男生给女生传纸条的情节在我身上上演啦？我就是那些浪漫故事里幸福的女主角？他一定写了让我脸红的话。我是接受，还是拒绝呢？要不要给他回一张纸条？

不行不行，我抱书包的手臂怎么颤抖得厉害？

不行不行，像钱可啸这样的倒霉蛋，我是无论如何都不可以接近的。他真的是生来就为了倒霉。长得不帅不说，还有个朝天鼻，有事没事儿，那两个圆溜溜的鼻孔都是朝着天的，任何人只要平视他，都可以清楚地看见两个黑色的鼻洞。假如说长相是次要的，品行才学才是重要的，那么钱可啸就更糟糕了。他一天到晚不把学习放在心上，成绩不理想，还有一大堆坏毛病：上课插嘴，下课抄作业，破坏公共财物，欺负女生……倒霉的是，他每次犯错都被我轻易地逮到，以至于我专门腾出讲台的第二只抽屉，用来存放他的检讨书。这家伙写作文不行，写检讨书倒有自己的套路和风格，一小节一个意思，条理清晰，语句流畅。

他每次写检讨书都是我下的命令，也是我负责审阅的。我有时心情不好就故意找茬，让他重写检讨书，有时还让他当众朗读。我是班长，是班里的女主角，班上的小事我说了算。然而，检讨书写了一大摞，也没见他长进。

就这么根老油条，我却为什么不那么讨厌他呢？非但如此，我貌似还有一点点欣赏他的洒脱和幽默。他的洒脱和幽默是与生俱来的吧！在沉闷的课堂上，他会冷不丁冒出一个奇怪的问句，有效地调节课堂的气氛，使大家在哈哈大笑的同时放松心情。上星期的作文课上，语文老师布置了一篇“幸福就像＊＊＊”的半命题作文。正当大家绞尽脑汁，开始动笔时，钱可啸突然站起来问：“老师，请问可不可以写幸福就像……”

“就像什么？”语文老师有点不自在地担心，因为钱可啸经

常语惊四座，弄得她难以招架。

我们充满期待地注视着他。

“幸福就像女生的头发。”那家伙大声说。

“噗——”教室里哗然。男生们坏坏地笑，一个个盯住前面女生的头发，试图从上面寻找幸福的影儿。

语文老师竭力掩饰笑意，努力把脸拉得长一点，狠狠地、一字一顿地说：“不可以这样写。”

“怎么不可以？”钱可啸理直气壮，“就拿谈卉卉来说吧，她短头发的时候呢，觉得拥有一根长长的马尾辫是最幸福的事，为此一天到晚照镜子，观察头发的生长速度；长头发的时候呢，她又羡慕短头发时候的干净利落。这么说，幸福难道不像女生的头发吗？当拥有它的时候，你感叹它并不是自己希望的样子，而当它换成你希望的样子，你又有了别样的追求……”

我的脸蛋一定红得不行。他居然拿我作例子！我可是班长啊！

“别说乱七八糟的，”语文老师抽刀断水般切断他的话，毫不留情地抛出八个字，“换个题目，重新构思。”

大伙儿纷纷发出“哼哼”声和“嗡嗡”声，为钱可啸的幸福论，也为语文老师的八字方针。

我转过脸瞪着钱可啸，气急败坏地嘟哝：“你怎么知道我关于长头发、短头发的那些想法的？”

我的声音很小，但震撼力相当大。

那家伙悠闲地转笔，不吭声。

“你是不是偷看我的日记啦？”我粗暴地去抢他的笔，“是不是啊？”

“也不是啦，只不过你自己某天不小心把日记本打开在长头发、短头发的那一页，我无意中瞥见了。”他居然嬉皮笑脸地说，“其实，你留长头发或者短头发都很好看。”

我又想哭，又想笑。

就这么着，他的那句貌似调侃的“……都很好看”有效地止住了我本该熊熊燃烧、喷薄而出的怒火。这句话挂在我的心头，让我想起就脸儿发烫、心儿发颤。

仔细想来，钱可啸的幸福论好像有几分道理。可是，他为什么偏拿我开涮？我的日记本在课桌上打开过吗？我真的留长头发、短头发都好看？

这些问题成了不解之谜。

现在可好了，有了小纸团，答案说不定就能揭晓了。

我挎着书包去车库取自行车。好朋友陈紫拍拍我的背：“亲爱的，我请你喝一杯，可否赏脸？”

我木讷地点头，又摇头。

“你今天怎么啦？”陈紫说，“看上去笨笨的。”

“哦……又是……雪顶咖啡？”我冲她笑，“没意思。我不去了。”

“今天不喝咖啡，喝香柚蜂蜜。”她摇着我的胳膊，“一块儿去嘛，我有心里话跟你说。”

我不是不想去，而是惦记着我笔袋里的小纸团。不过，盛情难却，再加上有“心里话”听，我决定接受邀请。

“青春不败”真是一间地地道道的中学生饮品店，无论是环境、服务还是价格，都很适合我们。我们找了个靠窗的位置，要了两杯香柚蜂蜜，相对而坐。

“说吧。”我咬着吸管。

“什么？”

“你的心里话。”我提醒道。

我一向对陈紫的心里话很感兴趣。她属于那种心细得能听见脚底下的蚯蚓蠕动的女生，每天都有新发现、新想法。要命的是，她还是个活菩萨，见不得别人受半点委屈，总是想方设法地照顾别人的感受、保全别人的尊严。

我没有她那么伟大。

“卉卉，我想你应该去一趟洗手间。”

我张大嘴巴问：“为什么呢？”

“听说前几天这儿的洗手间里安装了采用世界顶级技术制造的一面镜子，你那么喜欢照镜子，就去看看吧。”

“你怎么不早说？”我站起来，风风火火地朝洗手间奔。

呀，换镜子了吗？好像还是原来的那一面。不过，镜子都差不多，大概的确是换了，我用肉眼看不出来吧。我在镜子面前转圈儿，又把脸凑上去，远远近近折腾了一分钟。

我回座位的时候，陈紫对我挤眉毛：“是不是感觉自己变漂亮啦？”

我甩甩头发：“哪儿有什么顶级技术？哄人的。我看跟以前的镜子没什么两样。你别信。”

然后，陈紫和我聊起来，都是些小的发现和梦幻般的想法。舒缓的音乐声弥漫开来，香柚蜂蜜淡淡的甜味缓缓释放，和少女轻柔的心事一起，把这样一个落霞时刻点缀得细腻、温和。

陈紫就具备这样的本事，让我舒服，让我沉醉。

这样的幸福感一直伴随着我回到家。换了鞋，放下书包，我突然想起小纸团，便一下冲进房间，拉开书包的拉链，取出笔袋——

“洗手吃晚饭喽。”

老妈站在我的房门口，吓了我一跳。

我慌乱地应着，把笔袋重新藏进书包——要是被老妈发现钱可啸写给我的小纸团，我就没有安稳日子过啦！

扒完饭，我赶紧回房，小心地关上门，掏出笔袋。我的心跳得太快了，手不由自主地发抖。我激动地拉开拉链——

什么都没有啊！小纸团不翼而飞！奇怪，放学前我亲眼看见钱可啸把纸团放进去的呀！

难道是老妈？难道她过来叫我吃晚饭的时候看出我的脸色不对？对，一定是她！

我由兴奋转为愤怒。

老妈平日里就喜欢窥探我的秘密，有一次还悄悄向陈紫打听我的心事。幸好她不知道我写日记的事儿，不然我早就成透明的了。

我在房间里来回踱步，思考着对策：就这么冲出去问老妈吗？太不理智，弄不好自己还会被教训一顿，毕竟接受人家男生的纸条，是一件害羞的事嘛。当什么事也没发生吗？也只能这样了。

可是，老妈会息事宁人吗？我没把握。我于是很小心地跟她说话，很乖地写作业，很听话地早早睡觉。心里有鬼，我只能表现得好一点喽。

整个晚上，老妈居然对小纸团的事只字不提。万幸！这么说，老妈选择让事情淡淡地过去，让我自己醒悟和处理？

躺在床上，我猜测了无数次钱可啸给我写了什么。我并不渴望钱可啸跟我说让我脸红心跳的话。重要的是，他给我写纸条，足以证明我是个受欢迎的女生，是个优点很多的女生，是个幸福的女主角。这么想着，我觉得自己变得更自信、更阳光了。

细细回忆，钱可啸尽管调皮，但也有好的一面。比如，他积极参加活动，体育成绩拔尖，为人坦率大方，等等。我陷入反思，觉得以往对他的态度简单粗暴了一点，对他的惩罚冷酷严厉了一点，尤其是我经常让他写检讨书，有伤他的自尊。

我决定换个方式对待他，也设法让他自信和阳光起来。至于那个纸团，但愿老妈永远不要提起。

第二天一早，我放下书包，屁股还没坐稳，钱可啸就到了。

他迎面走来的时候，望着我，用一种奇怪的笑眼。

我轻轻朝他点头，决定不把丢失纸团的事情告诉他，免得他难堪。

等他坐下，我转身对他说："从今以后我不会让你写检讨书了。"

他面露疑惑。

我说："我希望看见你的进步，我对你很有信心。"

他的表情从怪异到激动，从激动到微笑。

……

不写检讨书，钱可啸的坏毛病竟然慢慢地改了，大家都看到了他的进步。而且，他对我的态度也发生了变化，从最初的老跟我顶嘴，到现在很顺从我的意思。

我确定他的进步和我对待他的方式有关。我觉得自己很有成就感，很幸福。

……

只是，在内心深处，我一直很遗憾没有看见那个小纸团的内容。毕竟，那是我有生以来第一次正儿八经收到男生的小纸团。

直到有一天，陈紫说，她曾经不小心看见钱可啸写了一句话，揉成一个小纸团，塞进一个女生的笔袋。

我紧张起来。

陈紫把一个小纸团在我面前缓缓展开，我看清楚那是钱可啸的笔迹：

谈卉卉，你是世界上最丑、最可恶的女生！

我愣了半天，感激地拥抱陈紫：“谢谢你。”

我感觉自己是真正的幸福女主角。

这个时候，我们的毕业照已经拍完了。

第七枚书签

我有点想哭。

诺森把书还给我的时候，一枚书签滑出来，一半隐没在书页里，一半躺在我淡绿色的笔记本上。露出来的部分，是一幅山水画的上半部，黄底黑墨，文气雅致。我慌乱地把书签抽出来，塞进笔记本，米小北就在这时晃着肩膀闯进来。

“我要去见上帝了，”米小北用他又短又粗的腿踢开凳脚，把书包甩在桌面上。他一屁股坐下，椅子立马“嘎吱嘎吱”抗议自己随时可能会散架。但他的兴奋点完全在“上帝”那儿，“你知道吗，那个全世界最恶毒的女人居然找到了新的办法折磨我，你猜是什么？”

他说完朝我瞪眼珠子，单眼皮一眨不眨，仿佛我就是那个女人。

“什么?”我有些木讷地配合。

“什么？桑雨落，你猜呀，我要你猜呀！为什么你每次都不肯动脑筋猜呢？一点娱乐精神都没有，你哪儿是天桥中学转来的尖子生，分明是个清朝的宫女，无聊透了。成天嘟着嘴，我说你就不能高兴一点儿?”他说完，鼓起腮帮子。正常情况下，此时他两边的腮帮子像是各塞了一个鸡蛋，这儿会却像塞了鸵鸟蛋，叫人担心下一秒他的腮帮子就会爆炸。

“乱讲，”我有点生气，“我要是清朝的宫女，你就是皇后娘娘身边的太……”

“太什么？你敢说下去!”他把双肩耸起来，腮帮子更加鼓了，鸵鸟蛋变成了恐龙蛋。

我忙转动着眼珠子：“你想哪儿去了？太医好吧?”

“唔，太医？这还差不多。”米小北“呼”地吁口气，把恐龙蛋吐出来，算是恢复了正常。

我转过脸不看他，随手把夹了书签的淡绿色笔记本塞进桌肚，抓起英语书假装认真念单词。

其实我一点儿都专注不起来，我的心思全在那枚书签上。我忍不住抬头望一下前座诺森的后背，心头泛起麻酥酥的涟漪。

这是他给我的第六枚书签。

我一直记得自己第一次见到诺森的情景。那是开学第二天的下午，大家正在听历史老师调侃朱元璋跟马皇后，一个个有如打了鸡血般亢奋。这时，一个穿着天桥中学校服的短发女生推开教室的门，藏青色的裙摆沾满浓重的暑气，白衬衫黏在了身上，汗水浸湿面颊，刘海乱成水草。几十双眼睛随着空调喷出的冷气一股脑儿望过来，女生哆嗦了一下，一个趔趄

倒下。

当她醒来的时候，第一眼看见的那个男生有着清爽的面孔、高挺的鼻梁、微微上翘的嘴唇，那双小小的单眼皮哟，被长长的睫毛覆盖着，轻轻闪动，像盛开在夜空天幕上的钻石花。

他抱着她飞奔，将她交给医务室的老师。

她躺在沙发上，瞥见他站在医务室的门口，双手撑着膝盖"哼哧哼哧"喘大气，像个刚赢了比赛的足球明星。

好像在哪儿见过他。女生听见自己心里说。

这个女生就是我，桑雨落。

那个男生就是诺森，一个爱读书的眼睛里永远装着纯净蓝天的单眼皮男生。

有时会有人问我，为什么要从天桥中学转过来？那可是全市最牛的初中，多少人挤破了脑袋想要往里钻。我抿着嘴巴躲闪他们的目光，就像露珠躲闪阳光一样。

有些事情，是不适合拿出来讲的。

但是我差点儿对诺森说了。

那天的体育课上，他中途跑回教室喝水，撞见埋头涂鸦的我。那时，我的心情总是好不起来，涂鸦是我唯一的宣泄。

"嘿，为什么不出去活动？女生们都在打羽毛球，玩儿得很 high。"他接了杯水站在不远处，一手握着杯环，一手插在裤兜里，像个喝咖啡的英国绅士。

我于是把字写得飞快，把头低到不能再低："要你管。"

我说完就后悔了。什么态度嘛，一点儿女孩的教养都没有。但我还是假装镇定，不去看他尴尬的表情。

"你看起来有故事。"过了一小会儿，他突然冒出一句。

我的心猛地一惊。我慢慢抬起头，望着他：他含笑的眸子

里，钻石花开出清澈、温和的光芒。我意识到，这是一个可以信赖的、亲切的朋友。

“没……没有啊。”我的心跳得很快，我胡乱地转动着手上的笔，大脑陷入混沌。

“那你好端端的为什么从天桥中学转过来?”他接住我躲闪的目光。

“嗯……事情说起来并不复杂，”我吸了口气，鼓励自己平静一些，“但你也许根本不会相信……”

我话到嘴边又止住了。

因为他的眼睛看起来值得信任，我就可以无所顾忌地把什么都告诉他吗？我听见自己的心里有反对的声音。

诺森的脸上划过一丝不易察觉的失落。然后，他仰起脖子喝水，但目光却始终没有离开我。放下水杯离开教室的时候，他转身说了句吓人的话：“忧郁的桑雨落，我们可以做好朋友吗?”

他把“好”字喊得那么坚定。

我有点想哭。为何全世界只有他捕捉到了我的忧郁?

接着，我们就做好朋友了。但我还是没有告诉他我转学的原因，只跟他说，我跟爷爷住一起，爷爷是个作家，家里有很多藏书。他于是兴奋得不行，提出要到我家借书。我当然不方便带一个男生回家，于是悄悄把爷爷的书拿出来借给他。

他的兴趣很广泛，历史、科学、文学，什么类别的图书他都想看，而且他读书的效率很高。最令我开心的是，他每看完一本书，在还书给我的时候，都会送我一枚书签。书签虽很普通，但在我看来却非比寻常，我每一次得到它时都如获至宝，因为每一枚书签的背面，都会有他送给我的一个小秘密——

属于男生的压箱底的秘密。

用秘密交换好书，他说，很值得。

我为拥有他的一个个小秘密而激动不已。我知道，也许全世界只有我有幸分享他的小秘密。那是不是意味着，他把我当成最好的红颜。

我身体里的忧郁细胞在诺森的一个个小秘密的攻击下，渐渐崩溃瓦解，冰消雪融。

而我，却无法说服自己将自己的秘密告诉他。也许，越是好朋友，越不能倾诉。假如我们是旅途中偶遇的陌生人，也许我可以毫无顾忌地抖出我的故事，至少他真的就会当一个故事去听，而不会因此产生任何负担。

和诺森截然不同的是米小北。想不通班主任为何安排我与他同桌，而且一安排就是半个多学期。

"猜出来了吗?"吃午饭的时候，米小北端着餐盆挤到我的身边，死活不放过我，"你说，那个全世界最恶毒的女人，想出了什么法子折磨我?"

"真无聊。"我用只有自己听得见的声音抗议。

用"全世界最恶毒的女人"来形容自己的妈妈，我看他是全世界最恶毒的儿子。

"告诉你吧，今天早上她告诉我，她以后不逼我早起跑步了，而将我减肥的妙计改为戒——肉。天呐，戒肉！就是说从今天开始，以后的每顿晚餐都不给我吃肉了！我是不是很可怜？瞧，桑雨落，你比我幸福多了！你的生活多美妙!"

他说完，朝着筷子上沉甸甸的大排一口咬下去，两只小眼睛无意识地眯缝起来，一副欲仙欲死的模样。

我这才注意到，他的餐盘里整整齐齐地摆放着一溜儿大排，不下五块。

咳，可怜的胖墩永远别想瘦下去啦！

“你妈妈一点都不恶毒。”我把盘子里的青菜吃了个精光，起身对米小北说，“有个妈妈在身边真好，你真幸福。”

他啃着大排抬眼望我，小眼睛眨巴得像个低能儿。

回到教室，趁米小北不在，我赶紧把夹着书签的淡绿色的笔记本拿出来。整个上午，我都在猜：诺森的第六枚书签上又会写着一个怎样的小秘密呢？

带着满满的期待，我却发现，书签不见了！

我慌了，急了，凌乱了。天呐，天呐！书签不会自己跑掉，一定是被谁偷走了。米小北？他离我最近，具备作案条件；他也许略知书签一事，好奇这究竟是怎么一回事，具备作案动机；他看起来就是个擅长搞恶作剧的人，具备作案优势。

还等什么？找他算账！

傻瓜，轰轰烈烈地找他算账，事情闹大了，众人皆知诺森送你书签，如何收场？身体里的另一个声音冒出来。

不服也好，不甘也罢，我当然只能忍气吞声。

米小北抹着油汪汪的厚嘴唇进来的时候，我做了一个决定，不要再跟他同桌，一秒钟都不要。

拥挤的办公室里，氤氲着咖啡和护手霜的混合味，我站在班主任办公桌的侧面，看她给墙角的一株百枝莲浇水。

“外因固然重要，但起决定作用的是内因。就像这盆百枝莲，不喝露水、不见日头，整日蹲在这个角落里，浇点儿自来水就出落得亭亭玉立，靠的是自己的心态和功夫啊。”她说完，扶着眼镜架看了我一眼，转到桌前收拾一叠试卷，递给我，“拿着，帮我发下去。”

我接过试卷，有些伤感，也有些振奋。

我的日子就这样守着讨厌的米小北继续，幸好还有前座的诺森。当我疲倦的时候，当我沮丧的时候，当我迷茫的时候，抬起头，那个坚定的后背总是能给予我勇气和力量。

他依然向我借书，我依然巴望他把书看得飞快，好快一点送我新的书签。这一次，我一定要藏得好好的，别说米小北，就是神偷都找不到。

安静的夜晚，我一个人坐在台灯下，把书签都拿出来，一字儿排开。这是我一天中最私密、最美的时光。

"秘密一，在幼儿园，我喜欢一个叫赵天慧的女生，后来才知道，她午睡老是尿床，慢慢就不喜欢她了。"

"秘密二，七岁时，为了得到一个变形金刚，我每天放学后去垃圾箱翻矿泉水瓶子，悄悄带回家，结果被对面楼道的一个女生发现，她叫我'小乞丐'。她有着长长的及腰的辫子。有一段时间，我就觉得凡是辫子及腰的女生，都不是好女生。"

"秘密三，小学三年级时，我被老妈拎去理发店剃了个光头，觉得丑爆了，整个暑假没有出门。"

"秘密四，有一次，为了一个女生，和比自己壮几倍的六年级男生打架，输了，那个女生在一旁看着，没有来安慰我，我发誓以后再也不为女生打架。"

"秘密五，我上初一那年的暑假，终于攒够了一个智能手机的钱，悄悄买了手机、选了号码、办了包月，结果没出三天，就被我长着火眼金睛的老妈发现了。我于是明白世界上最敏感的动物就是老妈。"

像阳光一样的诺森，他竟然愿意把心底最好的秘密告诉我。这成了我强大的精神支柱。

可惜第六枚书签不见了。

第七本书借出去好多天了，诺森该读完了吧？我期待着第七枚书签，可是，他迟迟没有还书给我。

阳光暖暖的中午，我们在盖浇饭的队伍里偶遇，而且他就在我的身后。

“桑雨落，你也吃盖浇饭吗？”

“是的。”我扭过头，飞快地望他一眼。

好朋友之间，平时的交流竟然少得可怜。

“一份十块。”他突然说，“糟糕，我的饭卡忘在教室里啦。”

“用我的吧。我帮你一块儿刷。”我很高兴自己有机会这么说。这相当于这顿是我请客。

“不用，我付现金。正好身边还有十块钱。”

他从裤兜里掏出一张十元的人民币，在我面前得意地扬了扬，含笑的钻石花散发出璀璨的温和。

我有些难过。要是在二楼就好了，盖浇饭要十一块。为什么同样的一份盖浇饭，一楼和二楼的价格相差一块钱？这让我失去了一次请客的机会，确切地说，是感谢他的机会。

冬天的第一场雪飘落的时候，我们躲在教室里吹暖气、啃复习卷，我终于等到了诺森的第七枚书签。

和以往不同，这一次，他当着我的面把书签塞进了一个信封。信封上已经写好了我的名字，贴好了邮票。

“怎么啦？”我感觉到了他的反常。

“没什么啊。让你体会一下收信的美妙感觉。”他说完，用双面胶为信封封好口，把信塞进自己的书包。

期末考试结束的那天，我收到了第七枚书签。

“桑雨落，这是我给你的最后一枚书签。我要走了，跟着

爸爸去一个新的城市。当你第一次出现在教室的门口，我们就已经知道，你是天桥中学的尖子生，因为突然失去爸爸，无人照顾，只好投奔你的爷爷，转到我们城北中学。这些都是班主任提前告诉我们的。她说，桑雨落是一朵骄傲的校花，我们要让她在新的土壤里开放出新的美丽。”

“PS：秘密七，我那天说没带饭卡，是骗你的，本想蹭你一顿，却突然又没了勇气。也许有一天再见到你时，我会勇敢地跟你说，走，我请你吃饭。还有，原谅我把第六枚书签收回，那上面写的话有些不妥当，你就当没看见，好吗？”

大雪已经开始融化，雪地白得叫人心疼。我把第七枚书签放进衣服的口袋，沿着香樟树慢慢地走。天空在我面前亮起来，仿佛升起了两朵钻石花。我永远也不会知道第六枚书签上写着哪些不妥的话，但我知道，那一定很温暖、很美好。

一

这夜浓得令人心里发毛。什么都看不见不算可怕，可怕的是四周充斥着“窸窸窣窣”的声音，让人感觉有许多条蛇就潜伏在一丈宽的山路边的草丛里，正扭动着不安的身子，贪婪地吐着芯子，随时准备朝人扑过来，啃上新鲜的一口血肉。

蚕蚕将双臂伸到我的腋窝下，抱住我用力往上提：“明治你快起来，咱们得快点离开这儿，妈妈等着我们的药呢！”

可我觉得自己动弹不得。

我是被一个横在路上的什么东西绊倒的。蚕蚕用脚踢踢，就知道那是一截老树桩。我的屁股着地，被震得四分五裂。

“别动我！我的屁股碎了！”我嚷嚷。

蚕蚕似乎听不懂我的话，执拗着发力要把我提起来。

“骨头碎了是不可以随便动的！”我不能随便反抗，怕屁股上的骨头碎得更离谱，只能大声警告蚕蚕，“松开你的手，不然我告诉武老师你欺负我！”

那双插在我腋下的手这才停止了发力。迟疑片刻，蚕蚕并没有抽走双手，而是揽住我的上身。与此同时，我能感到两块尖尖的膝盖骨正用力抵住我硕大的后背。

“真的吗？明治，你的屁股跌碎了吗？这可怎么办？我没有担架，附近也没有人家，更别说医院。”蚕蚕短促的话语声伴随着“呼哧呼哧”的喘气声，他似乎吓得不轻。

我使劲儿睁大眼睛，对着黑暗的世界吼道：“魏七泽你开心了？我现在在这荒郊野岭跌碎了屁股，站都站不起来，这就是你所说的‘换个环境接受教育’吗？分明就是惩罚！我要回家！回家！”

夜用更浓的黑暗回答我的抗议，而爬行动物碾过草丛的声音更为放肆了。我几乎感觉到有一个冰凉的身体已经缠绕住我的脚踝，正沿着我的小腿滑进裤管——如果我的脚踝不是麻木不堪，这种感觉会更清晰。

“蚕蚕你个浑蛋！你要到赤脚医生那儿给你妈妈买药，一个人去就行了，非得拉上我干吗？”我用双手死死捂紧裤管，“现在好了，你的妈妈躺在床上，我也成了伤残兵，看你们家那么多的地什么时候能犁完！”

“对不起！对不起！是我不好。”蚕蚕的声音有些颤抖，“明治，你别着急，我去村里找人来背你！你在这儿等着。”

他说完，松开了手。

我顿时失控朝一侧倒去，整个上身卧在一个潮湿、毛糙的植物上。我忽然感到有什么凉飕飕的东西爬上我的面颊，似乎要钻进我的皮肤。

“妈呀！”我惊叫着爬起来，同时迅速用手掳去脸上那湿答答的东西，不顾一切蹦跳着跑出去好远。

“等等我！”蚕蚕在我的身后大声喊。

二

小屋隐藏在山坳里。看见隐隐的亮光，我才停下脚步喘大气。刚刚走得太快，这会儿，我几乎要喘不过气来。

倪妈妈半躺在床上，被面上随意地堆放着一些碎布，她正极其认真地挑选着花色，喃喃自语如何搭配，好缝制出一款漂亮的斜挎包，作为豆豆上学的书包。豆豆像个泥娃娃似的坐在床尾，歪着脑袋，呆呆地望着那些碎布，似乎在努力想象用它们做成的书包将会怎样好看。春天很快就会过去，等到夏天一过，豆豆就是个小学生了。

见我们回来，倪妈妈苍白的面容勉强挤出一个微笑：“也不是很厉害，你俩非得去买药，药比肉金贵多了，花那冤枉钱做什么？还不如买些肉给你们炖着吃……”

蚕蚕倒了半碗开水，小心地挤出一粒药丸，托在手心上，递到倪妈妈的眼前：“妈妈，吃了它，你的胃就不疼了。”

倪妈妈抬起右手，用拇指和食指把那粒雪白的药丸捏起来，只盯着看，却不吃：“你们说，这药这么小，怎么就这么贵？”

“吃吧，妈妈，吃下去你就舒服了。”蚕蚕像个小仆人一样贴心服侍，还伸出衣袖为倪妈妈拭去额头上细密的汗珠，“你

看你都疼出汗来了，快吃吧。”

倪妈妈却不领情，把药丸放还到蚕蚕的手心里：“妈妈这汗是热出来的，不是疼出来的。我现在觉得好多了。放一边吧，夜里要是疼得厉害，我就吃一颗。”

蚕蚕固执地托着药，不肯罢休。

我看不下去了，走过去冲倪妈妈说：“胃疼就得吃药，你熬着就有用啊？我们俩摸黑走了那么多山路，好不容易给你买来了药，你怎么好意思不吃？你知道不知道我差点儿被蛇活吞了？”

我说完，气咻咻地杵在一边拍心口。想起黑暗中那些奇怪的声音，我这会儿还觉得后怕。

嘿，没想到我的话挺管用。倪妈妈看看我，又看看蚕蚕，脖子一扬，乖乖把药吞了。

“喔！妈妈吃药啦！妈妈不疼啦！”豆豆一边拍手，一边爬进倪妈妈的怀里撒娇。

哎，7 岁的女孩，言行举止像 4 岁，还经常尿床，弄得屋里全是尿骚味儿。

等倪妈妈和豆豆都睡了，我和蚕蚕才爬上西屋那高低不平的木板床。

黑暗中，我们平躺在床上，像两条沉闷的鱼。

“明治，你的屁股没有摔碎？”蚕蚕压低音量。

“痛着呢！不离开你们这地狱一般的山坳，我早晚会粉身碎骨。”一想到这次所谓的“体验式教育”，我就气愤得不行，“来你们家好几天了，吃不好，睡不好，就连走路都走不踏实。外面那么大的世界，你们不去，蹲在这山坳里做什么？没前途！”

蚕蚕没有接我的话。

“明天武老师会到山上来吗?”我吁了口气,“真希望他来。我要用一下他的手机,通知魏七泽来接我回去。这地狱,再待下去我会疯掉。早知道环境这么差,别说一次欧洲十日游,就是环游太空我都不稀罕。真搞不懂在这穷乡僻壤没有手机、没有电脑、没有牛排和可乐,你是怎么活到今天的……”

蚕蚕还是没有接话。

他大概累得睡过去了吧。这个13岁的黑苍苍、瘦巴巴的山里人,和我同龄,却比我矮大半个头,体重更是只有我的三分之二,还承担了家里一半的活儿:犁地、砍柴、挑水、割猪草……什么都干,拼命把自己往死里整。

这家里怎么没个大男人?

想到这儿,我蹭了一下他的小腿:“喂,我来的这几天,怎么没见着你的爸爸?他去山外打工了?多久回来一趟?”

蚕蚕翻了个身,没有吱声。

他睡得还真沉。

三

第二天,天阴沉沉的,大山被一层厚重的水雾笼罩着,虚脱得仿佛一个不堪一击的病人。倪妈妈的胃疼毛病像是好了,正围着土灶煮玉米粥。

蚕蚕蹲在地上洗衣服和床单。笨重的大木盆,笨重的搓衣板,衣服勉强沾湿,洗衣粉象征性地撒几粒,蚕蚕使劲地搓着,整个身体有节奏地上下起伏,仿佛有使不完的劲儿。

“你说今天武老师会上山吗?”我问蚕蚕。

蚕蚕抬起头看看我:“武老师很忙。”

“忙什么？他是老师，星期天还忙？”

“忙着犁地。”

我纳闷儿：“武老师也有地？他不是城里来支教的老师吗？怎么，他要了个开心农场打发时间？”

蚕蚕抬起手臂，用衣袖拂了拂额头：“路蛋蛋的爸爸病了，妈妈出了山就没回来。他们家的地都是武老师犁的。”

我觉得不可思议。

犁地的滋味我这两天尝过了：穿着高高的雨靴蹒跚在硌脚的泥地里，跟着同样蹒跚的老牛，深一脚、浅一脚以厘米的进度往前迈，累得半死却只有那么一点点可怜的成果。

看样子，武老师今天是不会上山看我了。明天去了学校，我非得拿他的手机给家里打电话不可。这地方能早点儿离开，就早点儿离开。

豆豆不知从哪儿找来一朵过时的头花。头花已经褪色了，还镶着一圈细细的金边，俗不可耐。

“哥哥，豆豆戴。”她跑到蚕蚕的面前。

听到妹妹想要戴头花，蚕蚕停下手上的活儿，一屁股坐在木头小凳子上，双手在膝盖上摩擦两下，接过豆豆手上的头花，抬起头，目光在豆豆一头黑得发亮的蘑菇短发上扫来扫去，犯难了：“豆豆，扎辫子的妹妹才可以戴头花，你没有辫子，没法戴头花啊！”

“哦。”豆豆失望地应了一声，拿着头花跑到一边去了。

她倚在墙边的玉米架旁，耷拉着脑袋，嘴唇翘到鼻尖上。

我看不下去了：“你会不会当哥哥？不就是戴个头花吗？她没有辫子，你可以帮她扎嘛！又不是什么高难度动作，你不会啊？”

没等蚕蚕回答，我就跑进屋里随便找了一根布带子，把豆豆叫到身边，拢起她头顶的一束头发，扎了一根细小的辫子，然后绕上那朵陈旧的红头花。

戴了头花的豆豆立刻来了精神，快乐又略带害羞地摇头晃脑。

真不明白，一朵被人家抛弃的旧头花，竟能令她如此幸福。

我摸摸豆豆那小草似的小辫儿，转身却见蚕蚕正盯着我看，眼里满是疑惑和惊讶。

"以后你就这样给豆豆扎小辫。"我对他说，"如果她需要的话。"

蚕蚕有些木讷地点点头，露出一个憨憨的笑容，继续闷头搓他的衣服。

四

雾气一直没有消散，武老师也没有上山。

前天放学的时候，我问他要手机打电话，他说今天上山看我，到时才允许我给家里打电话。

但愿他快点儿来。

倪妈妈要蚕蚕跟她一起去犁地，让我留在家里照看豆豆。大概是因为我摔了跤，屁股还疼着，所以倪妈妈派给我照顾豆豆的轻松活儿。其实也不轻松，我一边看着豆豆，一边还得煮猪食、喂猪，顺带把晚饭做了。

倪妈妈说了，她和蚕蚕中午不回来吃饭。他们多干点儿活，到晚上再回来。

听上去，他们干活儿非常卖力，实际上一年到头也没几个

收成。在这穷山沟，地里长不出值钱的作物，只有玉米和土豆。

倪妈妈家养了两头大母猪、三头小猪，每天都要吃掉两大锅猪食。猪食的原料是猪草和土豆，都煮得烂烂的，大概入口即化了。

令我忍无可忍的是，煮猪食跟煮人食用的居然是同一口灶。

我窝在灶膛口煮猪食的时候，喉咙口涌动着一股随时将要喷薄而出的液体。柴火烧得“哧哧”响，火苗肆意舔舐锅底，发出耀眼的亮光，空气中弥漫着烂草叶腐臭的味道，叫人的五脏六腑都翻搅起来。

“明治哥哥，豆豆要写字。”

我捏着鼻头，动作笨拙地把满满一锅热气腾腾的猪食舀进大木盆时，豆豆走过来对我说。

她的手里拿着铅笔和一张蚕蚕用过了的作业纸。

“写字？”我一边卖力地把一大盆猪食往屋外拖，一边告诉豆豆，“着什么急？等你上了小学，你的老师一天到晚缠着你，要你写字，她说作文写 400 个字，你就得写 400 个字，399 个都不行。还怕没有字写？”

豆豆听不明白我的话，追着问：“明治哥哥会不会写‘豆豆’？”

原来她想学写自己的名字。她没上过幼儿园，当然连名字都不会写。

我说：“等你们家的大猪、小猪都吃饱了，我教你写‘豆豆’。”

“哦。”豆豆听话地走开，但很快又缠上我，“明治哥哥，我饿。”

我觉得好笑：“这是你家好不好？你饿了，自己找东西吃，跟我说有用吗？早上的玉米粥那么稀，我也饿了，可我还得把猪喂了，等这满屋子的猪食味儿散了，才可以做午饭嘛！我说，同样是山里人，你妈妈和你哥哥干了活都不用吃午饭，你怎么不干活就惦记着午饭？你们是不是一家人啊？”

豆豆歪着脑袋，眨巴着两只空洞的大眼睛，面无表情。

通过这几天的接触，我是看出来了，豆豆这样的智商，让她去上学，也算难为她了。

好不容易把装有猪食的大木盆拖到猪圈口，我还得一勺勺将猪食舀进猪食槽，那种热乎乎的腐臭味哟，熏得我几乎要窒息。

见豆豆在一边呆呆地望着，我不免有些生气：“豆豆，你看着干吗？这猪是你们家的，来喂猪！”

我把脏兮兮的大勺子递给她。她傻傻地望着我，不接勺子，也不说话。

我叹口气，继续往猪食槽里添猪食。两只母猪没有一点儿长辈的修养，居然拱着嘴巴跟小猪抢食。而三只小猪呢？同样没有一点儿小辈的教养，堂而皇之跟长辈抢食。我伸出勺子朝他们的大耳朵敲去……

“喂喂，就这伙食标准，有必要这么兴奋地哄抢？多少吃点就行了，别看见泥巴以为是巧克力……”

我训完话，转过身，眼前的一幕令我震惊——两只胖乎乎的小手插在冒着热气的猪食盆里鼓捣一番，抓起半个圆圆的土豆，连同黏在上面的碎猪草一起迫不及待地往嘴里塞……

"你这个野小孩!"我怒不可遏,伸手打落豆豆手里的土豆,一把将她拉到一边,狠狠教训道,"猪食你也吃?脏不脏啊?你是人,不是猪!"

她哭了,先是轻轻地啜泣,后来放声大哭,沾着猪食的双手到处乱摸,弄得自己满脸都是猪食。

"你就作践自己吧。"

我罚她站在猪圈旁边,自己进屋给她做午饭去。

刷锅、淘米、切土豆……我猛然发觉自己仿佛又是在煮一锅猪食。

我觉得自己快崩溃了。

夜幕降临,山坳显得格外沉寂。倪妈妈和蚕蚕拖着疲倦的身体回到家。而这个时候,豆豆已经睡着了。瘸了腿的小桌上摆着我做的红烧土豆,已经冰冷。

倪妈妈像变戏法似的拿出两截甘蔗,笑吟吟地递给我。

我有些惊讶:"哪来的?"

这是我到了蚕蚕家以后见到的唯一主食以外的食物。

"村长给的。"倪妈妈一脸兴奋,"村长知道咱家来了个城里小伙子,怕咱们没啥好东西招待,就给了这个,带给你甜甜嘴。村长说了,你们城里娃吃惯了甜味儿。"

有那么一小股感动像巧克力一样在我的心中融化开来。但我马上就高兴不起来了,因为借着灰暗的灯光,我分明发现这两截甘蔗已经很不新鲜,表皮不仅没了光泽,而且似乎有发霉的斑点。

我随手把甘蔗搁在一旁的凳子上。

五

星期一。

早上5点，我和蚕蚕背上书包，揣上倪妈妈做的玉米饼，匆匆赶往山腰中的学校。

这段山路，我们要走3个多小时。等到下午放学，我们还得走3个多小时的回程路。

“你被蛇咬过吗?”我望着山路边丛生的杂草和大树、小树，忍不住问。

蚕蚕说:“蛇一般不咬人。你别侵犯它就行。”

“有野兽吗？这林子里。”我缩着脖子，边走边谨慎地四下张望，做好了随时和野兽做斗争的准备。

“这山路，每天那么多人走来走去，热闹得很，哪还有什么野生动物？只有一些鸟而已。”蚕蚕说着，站在原地闭上眼睛，“你听，‘布谷’……‘布谷’……是布谷鸟在唱歌。”

“我怎么听不出是‘布谷’‘布谷’?”我觉得有些无聊，“一群野麻雀而已。”

蚕蚕不跟我争辩。

我们接着赶路。起先只有我们两个人，走着走着，每拐过一个岔路口，就会有一个或者几个伙伴融入我们上学的队伍。大家爬岩壁、过水渠、穿荆棘……队伍越来越庞大，到学校的时候已经有一个排的规模了。

3个多小时的体力透支，累得我趴在课桌上动弹不得。

糟糕的是，武老师没有来学校。一些知情的同学说，他昨天就出山，到外面找路蛋蛋的妈妈去了。因为有人从山外回来，说在县城的一家饭店里看到路蛋蛋的妈妈在做清洁工。

武老师想请她回来，那个家不能没有她。

武老师不在，学校里只有李校长，李校长没有手机。我想和老爸联系，并请老爸赶紧把我接回去的梦想破灭了。

但不知怎么的，我突然又觉得要是马上就走的话，会有那么一点儿不放心。不放心武老师，不放心路蛋蛋，更不放心我这个山坳里临时的家。

好像这儿的一切都跟我扯上关系，断不开了。

下课了，山里的孩子追着全校唯一一只皮球疯玩。操场是凹凸不平且严重倾斜的山地，裸露的石头毫无规则地冒出来，低洼处积着水。难以想象，这就是大家的活动场地；难以置信，他们奔跑在这样的场地上，追逐着一只毫无生趣的、干瘪的皮球，竟然如此开心、快活！

还好，校舍是砖瓦平房，有门有窗，还刷着白色的涂料，可以说是这座大山里我所见到的最像样的房子。

“明治，听说你们城里人会跳街舞，你会吗？”李校长笑呵呵地问我，“给大家跳上一段，好不好？”

这个黑瘦的驼背老头，怎么看都是个扛沙袋的农民工，他居然会是校长。

“街舞有什么意思？”我似乎没有足够的理由说服自己表演。

“那就唱歌吧。你们城里人喜欢唱流行歌曲，是吧？”李校长还真不放过我，“你给大家伙儿随便唱一首，让大家伙儿高兴高兴。”

唱歌我在行，但对着这些山里娃唱张杰或者林俊杰的歌，是不是有些不靠谱？

“来来来，我们鼓掌欢迎明治同学唱歌！”李校长带头鼓掌。

大家就跟着鼓掌，还都围拢过来，满含期待地注视着我，似乎我是了不起的大明星。

我受不了这种被崇拜的感觉。在我城里的学校，没有同学会用这种眼神看我。我逃课去打游戏，上课听手机音乐，下课玩扑克，没事跟人比比武，还把同学的英语书藏到厕所里……大家都不喜欢我。

这一刻，面对这些山里娃娃们虔诚注视的目光，我的脸有了发烫的感觉。如果他们知道我是怎样的一个调皮蛋，还会这样注视着我吗？

“明治！明治！明治！”同学们一边鼓掌，一边有节奏地喊我的名字。

看样子，不唱是没法收场的。我抓抓头皮，迅速在脑海里搜罗歌曲，张嘴唱起来：“你看星光，默默燃烧自己发亮，无名的花依然芳香，贝多芬也听不见鼓掌，天使未必在场。看太阳给人温暖不必谁仰望，把原谅都还给时光，不要投降。STAND UP，我摸到星光，STAND UP，你让我勇敢。希望点亮了希望，我站在最接近天堂的地方……”

唱到一半，我忽然感觉有些不对劲儿，觉得自己有点二，凭什么我要给他们唱歌？这些山里人能听懂吗？这无疑是对牛弹琴。我于是闭上嘴巴，一耸肩膀，转身离开大家的视线。

掌声在我身后爆响。

我在一棵歪脖子树下的光石头上坐下，透过树叶仰望天空。

今天的天还可以，蓝蓝的，带着明亮的白光。

“明治，你唱得真好听。”蚕蚕走过来。

"我没有唱完。"我老实说。

"啊？我们都以为你唱完了。"蚕蚕在我身旁坐下，"这首歌叫什么名儿？"

"《最接近天堂的地方》。"

"能不能教教我们？"蚕蚕说，"武老师什么都好，就是不太会唱歌，平时只教我们唱国歌。李校长就更不会唱了。"

"没什么好学的。"我站起来拍拍屁股，"你们会唱国歌就足够了。"

不知道为什么，这一天，我的心情比较复杂，有些感动，有些激动，也有些失落和沮丧。

沮丧不是因为自己，而是为这些山里人。如果我有超能力，我想我愿意付出为他们做些什么。但我好像无能为力。

我突然有些厌恶自己，这是我之前从没有过的感觉。

六

体验的日子已经到了第九天。

武老师还没有回来。他大概在跟路蛋蛋的妈妈交涉，千方百计地做她的工作，请求她回家。这个倔强的支教老师，把自己当成救世主了。

豆豆变得很开心，因为她觉得自己会写自己的名字了——尽管写得不好，歪歪扭扭，而且还少了一个点。我这个老师很不称职。

明天，爸爸、妈妈会来把我接回去。我莫名地感到有点难过。

有什么东西牵绊住了我的心，让我割舍不下。也许我不是爱上了这座山，而是爱上了山里的人。

晚上，倪妈妈特意为我做了一个荷包蛋，还是油煎的，黄亮黄亮，惹得豆豆口水直流。

我把荷包蛋拨进豆豆的碗里，她看看我，又看看她的妈妈，再看看她的哥哥，咽着唾沫，迟迟不下口。

倪妈妈起身又去做了一个，放到我的碗里。

我把荷包蛋拨进蚕蚕的碗里。

倪妈妈再去做了一个，放到我的碗里。

这回，我把荷包蛋拨到了倪妈妈的碗里。

她竟然感动得热泪盈眶，坐在那儿不知所措。

“妈妈，”豆豆看见妈妈要哭的样子，一脸紧张，“妈妈，你的肚子痛了？”

“是胃，不是肚子。”蚕蚕纠正道，“我们的妈妈太辛苦了。”

“要是爸爸在家就好了。”豆豆说，“豆豆想爸爸。”

我接过话头：“那就叫你爸爸赶紧回来呀。现在是春耕农忙，地里那么多活……”

“妈妈说，豆豆没有爸爸了。”豆豆扑闪着大眼睛对我说。

我的心被提起来：“没有了？什么意思啊？”

一句话惹得一家人不断抽泣。

过了一会儿，蚕蚕对我说，他们的爸爸是个了不起的爸爸，会干农活、会唱山歌、会讲故事，还会盖房子。但是两年前，他从城市建筑工地的脚手架上摔了下来，回到山里的时候，就只剩下一堆冰冷的骨灰。

我如五雷轰顶。

“你看，这就是我的爸爸。”蚕蚕找出家里唯一一张他的爸爸的照片。照片只有指甲盖那么大，却足以让人看清他慈眉善目的模样。

"爸爸你放心,我会照顾好妈妈,也会把豆豆当成亲妹妹一样疼爱……"蚕蚕带着哭腔喃喃地说。

当成亲妹妹？我的脑子不够用了。

蚕蚕告诉我,豆豆并不是他的亲妹妹,她是了不起的爸爸从山外捡回来的弃儿。

我的心被深深地揪痛了,强忍着的眼泪在这一刻也汹涌而出。

在这之前,我已经忘记自己还是个能够流泪的生物。眼前大山深处一家人的不幸遭遇、艰苦处境,以及他们淳朴、善良的品质,还有困境中隐忍乐观、执着前行的勇气,都深深撼动了我。

明天,在爸爸、妈妈接我回家之前,我要花 3 个多小时去一趟学校,为那里的伙伴们把那首《最接近天堂的地方》唱完,如果来得及的话,我要把这首歌教给他们。

我还要对他们说,被我称为"地狱"的茫茫大山,竟是这世上最接近天堂的地方。

属于我的幸运

周二一大早，夏由果把一个与课本一样大的纸袋子丢在我的桌上："有礼物哦。"

这个趾高气扬的女生竟然会给我送礼，真是匪夷所思。

"快打开看看吧。哈哈，你会感到惊讶的。"她快活地说着，转过身去，晃荡着马尾辫。

我以前怎么没觉得她的马尾辫这么好看呢？

不多想了，我闭上眼睛，怀着无比激动、无限期待的心情把手伸进纸袋子——软绵绵、黏糊糊的。

"Oh my god!"我"噌"地跳起来，"干什么嘛！"

四周的目光像探照灯一般射过来——

粘着木糖醇的作业纸、泛黑的香蕉皮、包裹着手指甲的太妃糖纸、墨水浸染的纸手帕……全部裸露在光天化日之下。

好事的嘴巴们七嘴八舌地议论开了。

“快快快，我帮你处理掉。”同桌叶小乔麻利地收拾。

前面那条马尾伏在肩膀上一个劲儿颤抖，夏由果似乎要笑成癫痫了。

我环视周围，龇着牙说：“看什么呢？说什么呢？”

周围立马安静下来。

这点吓唬人的气势，我还是有的。

看叶小乔把桌子弄干净了，我抓起圆珠笔去顶夏由果的后背：“下油锅，你犯贱啊？”

“上刀山，是你自己做得过分。凭什么让别人替你收拾桌肚？你既然擅长制造垃圾，就该学会处理垃圾。”夏由果立马转过脸回敬道，好像这些字都是提前在她的喉管里码好的，她只要一张嘴，它们便会“哒哒哒”自动射出来。

我歪着脑袋说：“谁值日，谁负责掏桌肚。要是桌肚里都干干净净的，还要值日生做什么？”

“上刀山，你有没有素质？如果每个人都像你一样，每天放学后把那么多垃圾留在桌肚里，值日生非累死不可！”

“累不死，我保证。”

“怎么累不死？昨天我掏你的桌肚，肚子都掏疼了。”夏由果夸张地嚷嚷。

我忍不住笑：“下油锅，以后轮到你值日，我就尽量多地制造垃圾，看你累死不累死。”

“上刀山！”夏由果尖叫，模样像极了一头母怒豹。

“好了啦，”叶小乔做起了和事佬，“都是前后桌的同学，不要伤了和气。”

看在温柔、善良的叶小乔的面子上，我不跟夏由果计较。

夏由果气歪了嘴巴，转过身读书。那根马尾耷拉在后脑勺上，看上去细了一圈。

整个白天，我继续吃零食，把话梅核一颗颗排列在纸巾上，纸巾就像粘满大头苍蝇的苍蝇纸。我把它们推到桌肚最里面。我知道这周都是夏由果值日。我甚至还花了足足半堂政治课的时间在稿纸上罗列接下来的几天吃的零食。什么零食产生的垃圾多，我就吃什么。

放学的时候，叶小乔不知从哪儿找来一个塑料袋，塞给我说：“尚道善，请你把垃圾都放到这里，走的时候把它丢到垃圾桶里。”

她温和地眨巴着眼睛，让我不忍拒绝。

可是，抬眼看到夏由果，我就狠下心来：“我不。”

说完，我提起书包开溜。爽得很。

……

周三，我带了口香糖和西瓜子，快活地制造了好一堆麻烦，然后拍拍屁股走人，等待值日生夏由果去解决。

晚餐相当丰盛，我把自己喂得滚圆，窝在沙发里翻赛车杂志。

“你可以去写作业了。”老妈从厨房里走出来说。

“嗯。”我嘴上应着，人却不动弹。

“是不是得雇用吊机把你吊到房里？”老爸的目光从晚报上方透出来。

“不不不，不用那么大费周章、兴师动众。”

我费力地站起来往房里钻。

天底下的家长大概都这样吧，只要看你闲着、懒着，就浑身不舒服，非把你逼到书桌前才安心。

我把语文书抓出来，翻到新学的课文，一个粉红色的什么小东西滑入我的视线。

呵，原来是一个扁塌塌、胖乎乎的五角星。

我把它捏在手上，看清楚它是用丝带编织的，有点松散，有点臃肿，但十分可爱。

最近班上流行编五角星，女生们管它叫"幸运星"，每个女生都迷上了这小玩意儿。

我想了又想，觉得这可能是叶小乔干的，但又不像。究竟是谁逗我玩？我的脑子不够用了。

"无聊。"我随手把它丢进笔筒，闷头写我的作业。

黄昏台灯下的时光真难熬啊！

周四午饭过后，我开始留意班上谁在编幸运星，结果少说有十几个女生，甚至有两个男生都加入了这一行列。

叶小乔把各种颜色的长丝带摊在膝盖上，一边编幸运星，一边背诵英语课文。

她把编好的幸运星码放在课桌上，粉红的一溜，粉蓝的一溜，粉黄的一溜，很夺目，让我想起深蓝夜空里璀璨的繁星。

"我可以看看吗？"我小心地问。

"当然可以。"叶小乔说。

我捏起一颗粉红色的幸运星，仔细地观察，越看越觉得它跟我从语文书里意外收到的幸运星没什么两样。

我于是肯定那个玩笑是叶小乔开的。

天哪，她为什么要送我幸运星？难道是……没想到文静内敛的叶小乔居然这么主动。我的心跳得很快。

不能乱想，绝对不能。不就是一颗幸运星吗？幸运星代表幸运，表达祝愿，没什么其他含义的。我告诫自己。

望着叶小乔专注于编幸运星的表情，我的心里慢慢升腾起一种被尊重、被祝福、被爱护的幸福感。这种美妙的感觉渗进我的五脏六腑和血液、骨骼，让我有一种要做一个高尚的人的冲动。

一个高尚的人当然是不可以在上课的时候吃零食的。但是管住嘴巴比管住思想困难得多，我还是把口袋里的奶油应子消灭掉了一半。

这天晚饭后，我正在写作业，语文书里再次滑出一颗幸运星，是粉蓝色的。

我把两颗幸运星叠放在书桌上，感觉自己的幸运被叠加起来，心里很温暖、很舒服。

我好想当面拆穿叶小乔，看她怎么解释。可又担心她矢口否认，到时候我就尴尬了，说不定这事儿还会被传得沸沸扬扬，对大家都不利。

周五起床的时候，我要做一个高尚的人的决心强烈起来，以至于破天荒地，我出门的时候动了不带零食的念头。然而，一想到嚣张的夏由果，我还是把一包开心果塞进了书包。

夏由果一定气坏了，因为我每天放学留在桌肚里的那些垃圾很零碎，想必她是皱着眉头处理的吧。

我的成就感和折腾人的快感油然而生。

可是夏由果竟然活泼地望着我走进教室，把书包搁在自己的课桌上，回头跟我搭讪："尚道善，昨晚看八卦报了吗？呜哇，我的偶像要告别单身啦。"

"这样才天下太平。"我面无表情地应付。

我讨厌女生们去路边摊买娱乐八卦报纸，更不屑于关心那些明星的私生活。

夏由果甩甩马尾转过身。我抓抓头发，心里犯疑：只字不提我桌肚里的垃圾，她什么意思？觉悟高啦？服软啦？

没道理嘛。

数学课上，老师在大屏幕下讲例题，我的眼睛盯着他能说会道的嘴巴，两只手却躲在桌肚里剥开心果，一连剥了好几颗，只等机会塞到嘴巴里。

只要一想到夏由果放学后定会趴在我桌肚口望着这些可恶的果壳皱眉头，我就忍不住想笑。可是转念想到叶小乔悄悄送我的幸运星，我就感到自责起来。

罢了，我停止制造垃圾，专心听课。

午饭后，叶小乔照例编她的幸运星，一颗颗，一溜溜。

我问她："你要这么多幸运星做什么？"

她抬头望我，莞尔一笑："送人。"

我的脸一阵发烫。这话不等于向我承认那些幸运星是她送的吗？

可送人也不用编那么多呀，她每天才送我一颗。

"你知道幸运星代表什么吗？"她忽然轻轻地问我。

"代表幸运，表达祝愿啊。"我脱口而出。

叶小乔说："你说得不具体。幸运星的颗数不同，表达的心愿也不一样。比如说，10 颗幸运星代表健康，99 颗幸运星代表友谊长长久久，365 颗幸运星代表天天快乐……"

"太复杂了。"我转过头去，装着写作业。

难道她要为我编 365 颗幸运星？我激动得坐立不安。我尚道善何德何能？怎么配得上一个乖得不能再乖的女生对我如此重情义？

我犹豫着要不要打消叶小乔的这个念头，因为我觉得编365颗幸运星实在太浪费时间了。两颗，我已经够满足、够幸福的了。

我决定痛改前非。

我把吃剩的开心果藏进书包，还把那些零碎的果壳用作业纸包裹住，扔到教室后面的垃圾桶里。

做完这些，我挺起胸膛，觉得自己无比高大。

下午的班会课上，老班喋喋不休地表扬一大批各方面有进步的同学。我知道没我的份，但还是巴望着太阳可不可以从西边露一回脸。

在一大串名字后，我清楚地听见自己的名字。老班是这么说的："……尚道善同学本周大有长进，自从周二早上值日生夏由果指出他的坏习惯后，他就再也没把垃圾留在桌肚里，从周二到周四，每天放学后桌肚里都是干干净净的……"

什么什么？我没听错吧？怎么会呢？周二的"苍蝇纸"，周三的瓜子壳，还有昨天的奶油应子核……全都哪儿去啦？

老班走后，我去拉夏由果的马尾："夏由果，我的桌肚……"

"没事啦，你知错就改，真够风度。"她朝我笑，"对于周二早上的不礼貌，我向你道歉。"

"可是……我……"

思来想去，我觉得事情跟叶小乔有关。

放学的路上，我追上叶小乔。我们的单车并排着慢慢向前。

"谢谢你。"我鼓起勇气。

“谢什么？”叶小乔跟我打哈哈。

我直截了当地说：“谢谢你为我收拾桌肚里的那些东西。”

“你怎么知道是我？”叶小乔笑吟吟地说，“小意思。”

“还有幸运星的事情，也要谢谢你。”

“嗯？”叶小乔果然矢口否认，“什么幸运星？”

我拿她没辙。

那天，从我的语文书里又一次滑落一颗幸运星，是粉黄色的，上面居然有很细的几行字：尚道善，这是我送给你的第三颗幸运星。你的桌肚干净一天，我就送你一颗幸运星。祝愿你好。

我认得出这是谁的笔迹。

夏由果、叶小乔，不一样的两个女生，给我两份同样的感动。这是属于我的幸运，我会珍藏。

雾气被初阳蒸融了，消散在湿暖的空气里，整个世界明媚、生动起来。环抱小山的湖边，薰衣草还没有完全绽放，那些淡淡的紫色点缀在青色的坡岸上，有风吹拂，它们便轻盈律动，仿佛夜空中靓丽的星光，又好似绿毯上明艳的灯盏。

我是这般专注地、虔诚地注视着那个小窗，浑身的每一个细胞都在奋力地呐喊——你快回来！我要你回来！

隐没在小山峦后面的尖顶小屋，那扇最接近天空的木窗，终于被我久久投射的目光给“吱呀”一声撞开了，那个灰暗无趣的窗口，因为一个美丽纤瘦的身影而明丽美好起来。

她没有望见我，隔着半山的树木，隔着一整年白与昼的分离，她看不见我。

我朝着那扇木窗迈开大步……

也许早就知道有故人怀着诚心而来，小屋的木门虚掩着，有熟悉的歌曲漫入耳际：“我是一条寻水的鱼，我漂浮在这寂寞城里，我忘记了自己，紧紧拥抱你给我的那片涟漪……”

这一刻，惊喜像莲花一样在我的心湖缓缓盛放。没有想到啊，漪婵也喜欢这首流行歌曲。

可这似乎又不足以称之为惊喜。在曾经朝夕共处的两年时间里，我和漪婵发现我们之间有太多的共同点，或者说是默契。我们都喜欢泰戈尔的诗，喜欢林徽因的散文，喜欢安静的音乐，喜欢素色的长裙，喜欢银珠手链，喜欢一切木制的物件，喜欢看晚霞满天，喜欢喝黑咖啡，喜欢一切小朵开花的植物，喜欢独处，喜欢发呆和做梦……最相似的是，我们都是忧郁的摩羯座，不能离开别人的肯定和鼓励，否则会莫名地慌乱和沮丧，像一条离开水的鱼儿。

所不同的是，她可以用画笔寻找她的水，那几乎是取之不尽用之不竭的源泉，而我，还在泥泞之中苦苦寻觅。

她回来了，我知道，也许我的水就来了。

我推开门，走进去——清肃的褐色木地板上，散落着一些空白的画纸，看得出来，它们刚刚才从画架上被吹落，就是随着那一扇木窗的开启，被风惊动了纷纷飞落的。空寂的画架旁边，那张咖啡色的画桌一尘不染，若不是零星有色斑残留，根本看不出在它身上曾经诞下多少个清丽动人的画作。

而今天，它和它身旁的画架一起，终于又幸福地等到了那双纤纤画手，那个宛若童话的女主人的归来。

我俯身将这些苍白的画纸一张一张拾起来……我知道，

只要漪婵在它们身上落下画笔，它们便会生出勃勃的朝气和灵气，焕发出生命的光彩。

“青羽？你来了？”一个熟悉的声音在我的耳后轻轻响起，“真巧。我昨晚才回来的。”

我转过身，看见漪婵正站在卧室门口，眼神明亮柔和，淡淡含笑。蓝色的棉布长裙有着蓬松的下摆，褐色的腰带松散地在腰间打了个蝴蝶结，褐色的长发随意地飘落满肩，衬得她的脖子更显白皙修长。

我的唇边明明萦绕着一长串牵挂、思念之类的词句，然而这一刻，当我正视那双水汪汪的大眼睛，还有眼睛里那清亮的

琥珀色瞳仁时，便又觉得任何表白都显得不合时宜和多余了。

“是啊，真巧。”我把目光从她的身上移开，小心地整理手上那些洁白的画纸，并将它们平放在咖啡色的画桌上，再扭过头来假装淡定地说，“今天是夏至，到山里来走走，看到你的小屋门开着……没想到你回来了。”

“哦，才夏至啊？”

漪婵走过来。我这才注意到，她手上托着的青瓷碗里，盛放着一颗颗大樱桃，它们正泛着水亮的光。

“青羽，那场意外差点儿要了我的命。”

“可那真的不能怪你。”

“任何托词都无法抹平我心中的愧疚，你知道，我求的是内心的安宁，可我在外面辗转了一年，依然没能使自己平和下来。”

我们面对面坐在窗边的木椅子上，说着只有我们之间才能听懂的话。

“但你依然画你的画，”我捏起一颗亮晶晶的樱桃，轻轻咬开，便有酸甜的汁水沁入心脾，“画画，也不能使你内心安宁吗？”

漪婵的眉眼间露出一丝怅然若失的抑郁：“一年了，每一次提起画笔，不是手在颤，就是心在抖，没有画出一幅像样的画。”

“所以你回来了，回到这个采香阁。这儿能让你的心平和下来，对吗？”我不敢看她的脸，只是望着她那漂亮的眼睛，轻轻地说着，而当她的眼睛稍稍抬起一点来看我，我却把头埋下去了。

“青羽，大家都好吗？中考结束了吧？就快毕业了，是不

是特别兴奋和留恋我们的紫薇中学?”

漪婵说着站起来，转身从一个木箱子里取出一本厚厚的书，然后坐下，把书翻开，任凭一张花花绿绿的照片从书中飞落到她光洁的裙摆上。

哦，这是初一那年，漪婵带着我们全班同学去市民广场参加现场绘画活动留下的照片。那时候的漪婵，第一年踏上讲台，第一回做班主任，单纯快乐得跟我们这帮女生没什么两样。然而现在，就因为那件事情，她似乎再也轻松不起来，更别说快乐。

其实不快乐的又何止是漪婵？我的内心同样煎熬，每天在纠结中度日。

我起身离开采香阁的时候，漪婵抓了一把樱桃塞给我，我默默地收下，忍不住问：“明天同学们回校，你去吗？”

她的嘴角抽动了一下，肩膀慢慢放松下来，拍拍我的后背说：“不去了，别把他们吓坏了。”

“大家都很想念你。”我由衷地说。

她的眼睛微微闭起来。

“我是一条寻水的鱼，我轻轻跳进你的怀里，我自由地游弋，寻找着自己渴望的那片天地……”

歌声还在循环播放，而刹那间，漪婵的眼睛里便有泪光流转。

下山的时候，我心里堵得难受极了。

就在刚才，就在寂寞的采香阁里，我多想拥抱亲爱的漪婵老师，告诉她，我一直把她当成最亲的姐姐，她离开紫薇中学的一年里，我是那么地思念她，思念得心都碎了。

可我终究没有开口。

一年前那一场意外，差点儿要了她的命，也差点儿要了我

的命啊。

“天呐，毕业照拍得像一堵人墙，严肃古板，了无生趣。”红丽一手托着600度近视眼镜，一手举着新鲜出炉的毕业照，对我说，“青羽，如果漪婵老师在，肯定会给我们设计一个活泼的队形，自由、个性，却不失凝聚力，每个人都可以摆自己喜欢的Pose，那样的毕业照才有意义啊！”

我点点头：“那是。漪婵老师可不是一般人。”

“可惜啊，她才带完初二，说辞职就辞职了，也不知道现在在干什么。”红丽把头靠在我的肩膀上喃喃地说，“不过也对，她是美术学院的高才生，画画那么了不得，窝在学校里做美术老师简直是大材小用。”

“那怎样才不算大材小用呢？”我问。

“背着画架四海云游，画日出，画星辰，画高山，画沧海，画飞翔的鸥鸟，画发呆的野兔，画跳舞的维吾尔族美女，画织网捕鱼的海边老人，画心情，画梦想，画过去，画未来……她能成为21世纪不朽的女画家！”红丽夸张地憧憬着，“到时候，我走到哪儿都能说，我是漪婵老师的第一届学生！哈，不要太有面子哦！”

我摸摸她柔顺的马尾：“你想多了。”然后呵呵地笑。

红丽跟着我笑，笑着笑着，眼泪就快下来了。

“给你看一下我的伤疤。”她缓缓撩起左手衣袖。

“不要！”我惊恐地闭上眼睛。我知道，她的左臂靠近肘弯处，留着一方掌面那么宽的伤疤，淡红的，疙疙瘩瘩。

那是一个惊心动魄的午后。

漪婵请我们五六个女生一起到她的宿舍画水粉画，说是要把我们的作品拿去参加省里的中学生绘画比赛。

我们画了一会儿，便失去了耐心，趁漪婵不在，先是用画笔互相涂抹鼻头，接着干脆开启了水粉大战，弄得满地都是颜料。漪婵突然走进屋来，见我们闹得不停，并没有指责，反而笑吟吟地蹲下去擦拭地上的颜料。大家也都跟着蹲下去擦，忙乱之中，桌子上一个刚煮过开水的烧水壶跌落下来，滚烫的开水从壶嘴倾泻而出……

于是，红丽的左手臂上有了一片凹凸不平的伤疤。

漪婵将这一切归结为自己的过失。虽然红丽的爸爸、妈妈没有盯着漪婵索要赔偿，但漪婵给了校长一大笔钱，请求他转交给红丽的家人。然后，她选择了离开。

一年过去了，想起来，这事仿佛发生在昨天。

"还疼吗？"我扭着脖子帮红丽把衣袖拉下来。

天越来越热，她却只能穿长袖。

"不疼。"红丽抹抹眼泪，乐观地说，"医生说，在合适的时候会给我做手术，丑陋的伤疤终究会消失的。"

我吁了口气："那就好。"

"到时候我就可以穿短袖连衣裙了。"红丽眨巴着眼睛安慰着自己。

"漪婵老师一直很自责，你还恨不恨她？"我试探道。

红丽耸耸肩膀："我早就不恨她了。当时我们几个同学都在，为什么偏偏我的手臂被烫伤了？我自认倒霉吧，不能怪漪婵老师。我的妈妈说，我注定会有这一劫，过了就好了。"

漪婵要是知道红丽是这么想的，该多欣慰啊！

今年的梅雨季节来得晚。

我和红丽上山的时候，天上正下着绵绵细雨，空气是湿的，山路是湿的，我们的头发也都被雨水淋湿了。但我们没有在心里抗拒湿漉漉的雨水，就像两条干渴的鱼，没有理由抗

拒水。

湖岸边的薰衣草当然也是湿的，但湿润使它们看起来更柔和、更妩媚、更神秘和充满诗意了。

正如这寂寞的采香山，因为那寂寞的采香阁里住了一位寂寞的画者，整座山都更柔和、更妩媚、更神秘和充满诗意了。

“等会儿见了漪婵，不要说让她难堪和难过的话。”我嘱咐红丽。

“我不会。”红丽说。

“你的的确确不怪她了?”我再次想要得到确认。

“我的的确确不怪她了。”红丽很确定地说。

我把她带到采香阁面前。

我们站在被雨水冲刷得干干净净的石阶上，一遍一遍轻敲木门，等候漪婵的出现。

我们等了很久，都没有人开门。

“你糊弄我。”红丽叹了口气，转身下山去。

“她真的回来了，只不过这会儿不在。”我追上去，试图说服她，“我们可以在屋檐下等一会儿，说不定她马上就来了。”

“采香阁是采香山风景管理处的房子，怎么会给她住? 别蒙我了。你在梦里梦到漪婵老师住在这儿吗?”

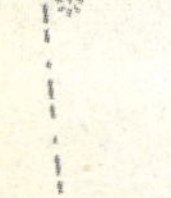

“这不是梦。采香阁是书画院的房子，漪婵的父母都是画家。他们把它租下来了，给漪婵画画用。”我突然意识到自己抖出了一个多么大的秘密呀，我可是早就答应漪婵要保密的。

谁知红丽并没有相信这个秘密。

她气鼓鼓地下山去，我怎么也唤不回她。

看着红丽消失在山路的尽头，我独自一人往前走，不知不觉来到了那片诗意朦胧的薰衣草旁边。

周围安静极了，有些闷热，有些压抑，空气清爽得异常，仿佛氧气极其充沛，又极度稀薄。

为什么我坐在雨里，我的面前有一个湖，而我的心依然灼热，像一条严重缺氧的鱼儿，寻不到属于自己的水。

湖水被雨点敲打着，热闹成一锅沸腾的汤。这让我想起一年前那个沸腾的烧水壶。那个水壶不会自己从桌子上掉下来。谁都没有在意，谁都没有深究，谁都不会知道，是哪一只罪恶的手臂不小心碰了它一下。

是的，不是故意的。但这却严重地伤害了红丽，伤害了漪婵老师。

可是，任凭内心多么煎熬，我始终没有勇气把真相说出来。我担心所有的人都会鄙视我、痛恨我，永远地抛弃我。寂寞的摩羯座，是经不起鄙视、痛恨和抛弃的。

细雨微凉，我摘下一束紫色的薰衣草，闭上眼睛，默默地审视自己波澜起伏的内心，用力地呼吸。

也不知道过了多久，雨就那么不经意地停了。

又过了一会儿，有个声音打断我："怎么又一个人出来？"

是漪婵。

我睁开眼，看见湖水依然沸腾，而我的头顶，是一片被天蓝色的雨伞撑起的晴空。

眼前的漪婵，裹了一身淡紫色的棉布长裙，跟这薰衣草一样优雅动人。

"我刚刚带红丽来找你了。"我很小心地提到"红丽"。

"哦？"漪婵有些惊讶和慌乱，抚弄着自己的长发问，"她，怎么愿意来看我？"

"她说她不怪你。"

漪婵沉默了。我知道，无论红丽是不是怪她，她都无法原谅自己——为什么要请我们去她宿舍画画呀！

“对不起，漪婵。”我听见自己说。

漪婵把我从湖岸边拉起来：“怎么啦？说对不起干什么？”

我把手上的薰衣草送到她的怀里：“你知道薰衣草的花语吗？”

“嗯……不知道。”漪婵的眼睛里闪烁着好奇的光芒，“是什么？”

我有点儿想哭：“只要用力呼吸，就能看见奇迹！”

“只要用力呼吸，就能看见奇迹。”漪婵轻轻地复述，水亮的眸子闪闪烁烁。

“那天我不是故意的，你知道那只水壶……”

“别说！”漪婵迅速伸出手指将我的嘴巴堵上，眼神温和又坚定，“青羽，我要你忘记那一天，我要你永远都是个无拘无束的快乐的女生。”

原来她早就知道。

她想永远替我承担伤痛和自责，永远保全我的形象和快乐……可是，谁又能慰藉她所受到的巨大伤害？

我勇敢地仰起脸，目光从她的眼角缓缓往下移动，在这潮润的雨天，在薰衣草的映衬下，她美丽的脸庞上，靠近左耳的腮际，那块如枫树叶一般大的红色伤疤，在这一刻像一朵盛放的花。

亲爱的漪婵老师，谢谢你如水善待鱼儿一样包容着我的过失和懦弱，但这终究并不是我想要的水。

你大概知道，摩羯座还有一个特点，就是永远不会让自己亏欠自己的心。

我们班的拼客

不好了，打架了！

放学铃音刚起，罗罗“呼呼”地跑到讲台前，竖起大拇指动员：“今天拼餐，到聚虾楼去吃盱眙龙虾，想拼的跟我走！”

“走喽——”

一伙儿男生屁颠屁颠地跟上，那阵势，仿佛吃龙虾不要钱。

“喂，罗罗，聚虾楼的龙虾很贵的，48 块钱一斤呢！咱们拼得起吗？”矮个子的西蒙跟在后面伸着脖子担心地问。

“拼不起，你就别跟着。”前面不少人嚷嚷。

西蒙抓抓头发，拱拱鼻头：“谁说我拼不起？”

说着，他紧紧地贴上拼餐的队伍。

“瞧瞧，都疯掉了。”文羽挎着书包走过来，“班

长，他们好像缺个核心人物，你不亲自去压压阵？”

“我去了，他们才会疯掉。”我把书包甩上肩膀，“再说，我不喜欢吃龙虾。48块钱一斤，太奢侈了！”

文羽挽住我的胳膊：“好妹妹，你怎么跟我想的一样呢？要不，你陪我去‘小美女饰品店’吧。”

“又去‘小美女’？你又看中了什么？”

“一个化妆包。嘿嘿，你不知道它有多漂亮！”

“再漂亮，我也不跟你拼。”我的头脑十分冷静，“上次我花20块钱跟你拼的一条手链，你戴了一个星期，我戴了三天，就褪色了。‘小美女’没好东西。”

“是我们自己使用不当嘛，不怪人家。”文羽中了“小美女”的毒，“好吗？求你了，再跟我拼一次。”

我翘着嘴巴，大步走出教室。

“怎么这样啊？”文羽在后面失望地叹息。

才出校门，我就被西蒙拦住了。

“干什么！你不是跟着罗罗他们拼龙虾去了吗？”

这家伙缩着脖子鬼头鬼脑地对我说：“班长大人，李木子小姐，拼龙虾是需要人民币的，我现在身无分文，请你看在我们是同一个祖宗的份上，可怜可怜我，借我24块钱高利贷吧。16个小时过后，我还你29块钱。”

“我跟你不是同一个祖宗。”我严正申明。

“难道你不是猿猴变的？”

“我是女娲捏的。”

说完，我“呵呵”笑着擦过他的肩膀，潇洒地走开。

“你不能见死不救啊。”西蒙带着哭腔喊，“这功夫，罗罗他们一定把龙虾都点上了！我要是不去，明天见了面，我的脸往哪儿搁啊?”

“就搁在你的脖子上。”我转过脸,“成天拼吃、拼喝、拼玩儿的,总有一天会拼出命来。”

“话说得这么难听干吗?”西蒙生气了,“不借就不借,还教训人了……”

我叹了口气,从口袋里翻出 20 块钱:“我只有这么多,拿去吧。不要你利息。”

“不稀罕。”西蒙甩甩膀子,头也不回地走了。

“好帅啊——”

我转身,看见文羽望着西蒙。

“啊哈,李木子,你也有被拒绝的时候?”

我把钱放回口袋:“算了,我还是陪你去‘小美女’吧。”

“你太明智了!”

文羽兴奋地牵着我跑向“小美女”。

小美女饰品店里人头攒动。这个世界上,爱美的青蛙不多见,爱美的女生却铺天盖地。

“看看,就是这个化妆包。我没骗你吧,漂亮得不行哦!”文羽每次一进“小美女”就像个 5 岁的孩子,奶声奶气,让人受不了。

眼前这个玫红色的化妆包的确很漂亮,光滑的漆皮,精巧的白金属拉链。打开,内层是卡其色的防水帆布,上面贴有几只绣着卡通猫的小口袋,还有一面干净的巴掌镜和一把蓝色的长柄小齿梳。

“东西是很好。可是,我们要化妆包干什么呢?我们没有化妆品啊。”我说。

“老土。”文羽快活地眨着眼睛,“你洗手不用洗手液吗?

你洗头不用洗发露和护发素吗？你洗澡不用沐浴露吗？你嘴唇干了不用润唇膏吗？”

“这些……是化妆品？”

“把这些东西统统装进这个化妆包，就可以拎着它去外面洗澡了。”文羽把化妆包拎起来，“瞧瞧，多有档次！”

“去外面洗澡也要有档次？”我张大嘴巴，“你想跟我拼这个化妆包，就是为了去外面洗澡？”

“还有，出去旅游的时候，这个化妆包能派上大用场！价钱也不贵，开价 50 块钱呢！40 块钱是友情价！”

看她的眼睛里闪着幸福的光芒，我乖乖地掏出 20 块钱：“好吧，我跟你拼了。”

我这 20 块钱，西蒙惦记，文羽也惦记，不花掉是不会太平的。

文羽嘻嘻哈哈地掏出自己的 20 块钱，连同我的 20 块钱，一起交出去，换下这个漂亮的包。

“说好了，我用一个星期，你用一个星期，跟手链一样轮着用。”她说。

“你爱用就放在你身边用吧。”我说，“提着它去洗澡，我还嫌扎眼呢！”

“既然这包是咱俩拼的，就得两个人轮着用。”文羽坚持道。

我耸耸肩膀。

第二天一早，我在校门口遇见西蒙。

“嗨，西蒙。”我很主动地跟他说话，“你还好吧？”

这家伙瞟瞟我：“还好。”

“昨天，你后来没去跟他们拼龙虾？”我试探道。

“没钱怎么去?”

他说着,加快脚步,把我撇下了。

还没进教室,就听罗罗的大嗓门像唱戏似的嚷嚷:“……你要是见过那种电动四驱遥控平跑车,一定会兴奋得尖叫。那家伙,这么长,这么宽,这么高,配置了功能强大的无刷马达、无刷电调、避震器和超大容量的可再充电池。到手就能玩儿……原价 1599 块,现在是跳楼价 499 块……”

“我拼了!”

“我也拼了!”

“……”

十几个的男生都站起来喊“拼”,教室里热闹成一锅粥。

我这个班长走进教室,大家居然视而不见。

罗罗刚下台,文羽紧接着上台。

“女同胞们注意了哈!今天是周末,放学后一起到必胜客拼大餐吧,我会以百米冲刺的速度去占座位,你们只要慢吞吞地过去就可以了。愿意的朝我眨巴眨巴眼睛!”

几个嘴馋的女生嘻嘻哈哈地眨巴着眼睛。

文羽扬着下巴喜滋滋地下去。

我想了想,也走上讲台。

“坐好坐好,班长领晨读了!”有人说。

大伙儿好歹给了我一点面子,纷纷坐下。

“在晨读之前,我也想跟大家拼一拼。”

我的话吓了他们一跳。

我虽然贵为班长,却从没主动拉过拼客。而且,我也没有参与过班上重大的“拼”活动,只是跟文羽“拼”过两次。这次对他们来说是意外。

“我看中一套四大名著珍藏版，原价208元，现价119元。经典的东西永远不会过时。谁愿意跟我拼一下？”我笑眯眯地环视大家。

同学们你看看我，我看看你，没反应。

“书也要拼吗？你看中的话自己买呀！”西蒙在下面嚷嚷。

“是啊是啊！”不少人附和。

“……”

我很没面子地耸耸肩膀，强作洒脱：“算了。请大家把英语课文打开——”

“班长，我跟你拼！我出60元！”

文羽突然站起来朝我打手势。

这个姐姐还是有些良心的！

我很感动：“你出59元，我出60元。”

晨读结束后，文羽猫着腰过来戳我的背：“李木子，你真的准备拼四大名著？”

“是啊，怎么啦？”

“那个……”文羽皱着眉头压低嗓门，“我最近跟人家拼了很多东西，手头比较紧，那套四大名著，你要是太喜欢，就一个人买下吧……”

“啊？”我跳起来，“你不是当场答应跟我拼的吗？”

“小声点儿——”文羽把我摁下去，“当时还不是为了救你面子？”

我气得说不出话。

文羽刚转身，西蒙晃着胳膊过来了。

“班长，明天是你妈妈的节日，你准备送她老人家什么礼物？”

“老人家？明天是老人节吗？”我瞪圆眼睛，“你妈妈才是老人家！我妈妈风华正茂呢！”

说完，我自己都忍不住笑起来。用“风华正茂”形容自己的妈妈，普天之下也只有我了。

“呵呵哈……”西蒙在我的课桌边狂笑不止，说，“我看中一个妇女节大礼，你跟我拼吧！”

“什么？妇女节礼物也能拼？”我觉得不可思议。

“光天化日之下，什么东西不能拼？”西蒙敲敲我的课桌，“你就跟我拼吧。”

我略加思索，冷静地问：“你看中了什么礼物？”

“保密。”他说。

“你连什么礼物都不告诉我，还想拉我跟你拼？”

“相信我嘛，那件礼物绝对有创意。”西蒙说。

我望着他，想起自己昨天放学得罪他时他难过的样子，心里觉得欠他一份人情。这会儿他主动跑过来拉我拼，明摆着是有意与我和好。

于是我说：“行！”

西蒙笑弯了眼睛：“给我 10 块钱，放学时我把礼物给你！”

我掏出 10 块钱给他。

明天是妇女节，我早就计划着给妈妈买礼物，但就是想不到买什么好。我小时候老送她卡片、鲜花、小面包什么的，现在都 14 岁了，这回的礼物说什么也得像样一些。

西蒙要了我 10 块钱去拼礼物，算是帮了我的大忙。

这真是一举两得的好事儿。

我心里满是喜悦。

放学后，西蒙在校门口等我，把一个用彩塑纸包装得漂漂

亮亮的缠着红色蝴蝶结的长方体盒子递给我，笑眯眯地说："祝你妈妈节日快乐！"

没等我说"谢谢"，他就跑开了。

"搞得这么神秘兮兮。"一股温暖涌上我的心头，"看上去像个好礼物哦！"

我很想把礼物拆开，见见庐山真面目。但为了保持包装的精美完好，我还是把好奇心吞进肚子里了。

等到晚上，我把礼物盒悄悄地放在了妈妈的枕边。我要让她一醒来，就收到心爱的女儿对她的祝福。

我甜蜜地睡去。

第二天早上，我看见妈妈在吃早饭，便走过去伏在她的肩膀上："妇女节快乐！礼物还满意吧？"

妈妈看看我，笑吟吟地问："李木子，你知道不知道妈妈已经 40 岁了？"

我感到很奇怪，四下里寻找那个礼物盒。

它打开着。我走近它，看见一排五颜六色的小小的蜡笔小新，胶塑做的。

天呐！居然是蜡笔小新！

"妈妈，对……"我突然语塞。

我总不能说——对不起这不是我选的礼物，我自己都不知道给你选的是什么礼物。

"对你个头！表面上是给我买礼物，实际上是为自己买。"妈妈说，"李木子，你是 14 岁，不是 4 岁，怎么还玩儿蜡笔小新？"

我张大嘴巴，说不出话。

"我跟你说，下周我得去一趟你们学校，问问你们班主任

你最近的表现……”妈妈絮叨起来。

我满脑子都是西蒙坏坏的笑脸。这家伙！要我也就算了，连我妈都一块儿耍！不就是那天教训了他一句吗？那么记仇！拼拼拼，拼得小肚鸡肠了！

我重新扑到妈妈的身上，撒娇道：“哎呀——蜡笔小新真的是送给您的，不是给我自己买的。您看您看，小新多可爱、多滑稽，摆在客厅里，整个客厅都生动起来了呢！”

妈妈终于不那么生气了。

星期一，文羽在校门口迎上我。

“李木子，要是那天你也去拼必胜客，我们几个女生说不定就不会闹别扭了。”

“怎么啦？”

“还不是分餐不均？”文羽有些难过，“你是知道的，比萨饼是圆的嘛，很难分得一样大。咳，不欢而散。”

“谁让你喜欢拼？拼出矛盾来了吧？”我说。

“我以后少拼了。”她说。

“不好了，打架了！”有人在教室门口嚷嚷。

我冲进教室，看见五六个男生扭成一团。没人敢去拉架。

罗罗抱着电动四驱遥控平跑车上蹿下跳。

“怎么回事？别打啦！”我吼道。

没人听我的。

“全体女生，拉架！”我大声说。

听见女生要来拉架，男生们才不好意思地住了手。

“凭什么你先玩儿！”

“凭什么你先玩儿！”

他们开始了舌战。

我听明白了，都是拼车拼出的矛盾。

“罗罗，还我钱！我以后不跟你拼了！”这个说。

“我也不拼了！”那个说。

拼客们都向罗罗要钱。

罗罗头大了：“班长，你，你说怎么办？车都买好了呀……”

“找班长没用，找班主任去。”我说。

那家伙哭丧起脸来。

我在人群中找寻西蒙。见我看他，他有意把头扭向一边。

“谢谢你为我妈妈精心挑选的礼物。”我走过去，大大方方地说。

他张着嘴巴，有些尴尬。

等我转身离开，他在我后面说：“对不起。”

我吁了口气。

“嗨，索马里，借一下你的手机。”我用书脊敲前座索马里的背，“快点。”

索马里没有反应。

我抓住他的领子往上提：“手机借我。听见没？”

“肯尼亚，你哪只眼睛看见我带手机啦？”那家伙斜过来一只肩膀，脸却懒得转过来。

“我的两只眼睛都看见了。”我说，“借我嘛，给我爸打个电话而已。”

“我没有手机。”他固执道。

我捏起拳头，有动武的意思。

同桌韩敏敏一把拽住我的衣服：“哎呀，不要冲动。冲动是魔鬼，会把事情搞得很糟糕。”

我放下拳头，对着索马里的后背不住地哼哼："有什么了不起？不就是一个手机吗？现在满大街都是你那种手机，不用出钱买，只要充话费就能得到。有什么稀奇……"

一不小心，我把自己变成了啰嗦的大妈。

才过了一会儿，阿 sir 就进来了，尖着下巴青着脸，仿佛全班同学都欠他人民币。轮到他看晚自习，气氛总是特别沉闷。教室里相当安静，每个脑袋都听话地微微垂下，盯着自己的一小方桌面，或冥思苦想，或奋笔疾书。

我撇撇嘴，站起来检举："老师，有人带手机。"

全班惊愕。

"谁？"阿 sir 两眼放光。

"苏马立"三个字才从肚皮里跳到喉咙口，没等我说出来，我的脚就遭到了暴踩。

"哎哟喂！"我忍不住叫。

看不出韩敏敏平日里温和、秀气，下脚却这么重。

我一个劲儿朝她翻白眼。

阿 sir 已经站在我的身边了："柯倪亚，你一惊一乍的干什么？到底谁带手机了？"

"那个……"我犹豫着要不要说。

"是我。"

所有的目光投向索马里。

他站起来的同时从桌肚里拿出手机，放在桌面上。

同学们吓了一跳。

谁都知道苏马立家的生活条件差，谁都知道他妈跟人跑了，谁都知道他有个得严重抑郁症的爸，谁都知道学校明令禁止学生带手机，可是他居然掏出手机来。

“苏马立，你赶什么时髦？”阿 sir 有点激动地抓起那只被大家的目光灼得滚烫的手机，“到我的办公室来。”

周围静得出奇。索马里跟在阿 sir 屁股后面走出教室，一副心事重重的模样。

等看不见他了，大伙儿把目光转回我的脸上。

“都是你。”韩敏敏嘀咕，“太不够意思了。”

“是他先不够意思。”我强词夺理，“谁让他不借我手机？我闹经济危机呢，想发条短信叫我老爸捎钱来，打银行卡上也行。”

“明天就周五了，你等不及回府啊？”

“我的思想可以等，肚子不可以等啊。”我叹息，“一个星期120 元生活费，怎么够啊？稍微吃好一点，只能活三天。”

韩敏敏瞅瞅我的嘴巴，瞟一眼我的肚皮，摇摇头不说话。

过了好一会儿都不见阿 sir 和索马里回来，我溜出教室到宿舍楼门口找电话机。

真的，我口袋里的那一点钱只能够我挨到明天上午，要是再不来钱，明天中午只能喝自来水充饥了。

我实在是想不明白，家里明明有的是钱，为什么老爸偏偏只舍得给我那么一点生活费？我每周在学校吃五顿早饭、五顿午饭、六顿晚饭，加起来十六顿，120 元哪够？

“喂老爸，没钱吃饭了。”我对着话筒喊。

“嗯。”

“你是叫人捎来还是直接打在我的卡上？”

“你自己解决。”

老爸说着，挂了电话。

“什么意思啊？”我杵在那儿，半天回不过神。

之前有两次，我也是120元不够花：前一次，老爸往我的卡上打了100元，后一次叫人捎来50元。

这次怎么回事？我自己怎么解决？

我闹着情绪在校园里溜达了好一会儿，直到晚自习下课才回寝室。我拉开门，瞥见索马里枕着手臂倒在床上。

“嘿嘿，”我有点幸灾乐祸，“挨批了吧？带手机来干啥！”

索马里翻了个身，给我一个屁股。

“肯尼亚，你少说两句行不行？”室友K朝我嚷嚷。

其他哥们也纷纷朝我瞟，面无表情。

我意识到自己晚自习上的不仗义引起了公愤。天底下最最可恶的，莫过于出卖朋友的人。

当时我太冲动了嘛。可我没说出索马里的名字，是他自己犯贱承认的嘛。

不过我对阿sir怎么处理手机事件有些好奇，于是忍不住去拍索马里的脊背：“睡啦？”

那家伙没动静。

“手机呢？”我把脑袋凑过去。

他还是装聋作哑。

我急了：“手机被阿sir收去了吗？不会吧？阿sir连你那种便宜货也感兴趣？你也真是的，没事儿买手机干什么？你说你没事儿买手机干什么！”

索马里猛地坐起来，直勾勾地望着我，我们的额头只有0.1厘米的距离。

我吓了一跳，缩着脖子走向卫生间。

咳，看样子索马里的手机真的充公了，不然他怎么会朝我扮酷。他平时挺温和的。

第二天早上，我把仅有的钱全部用来买早饭。老爸毕竟是老爸，虽然嘴上说“你自己解决”，实际上还是会给我钱的。我有把握。

可我一直等到中午，都没人给我送钱，卡上也没多出钱来。

我气得要长胡子。

午饭的时候，身无分文的我走进食堂，像极了乞丐。

唯一的办法就是向别人借钱了。可这种事叫我怎么开得了口？好歹我是我老爸的儿子，好歹我老爸还算是个成功的商人，好歹我还有一点尊严和骄傲。

餐厅里弥漫着浓香的饭菜味儿。真的很香，这种香是我之前没有在意过的。我排在队伍里犹豫着、矛盾着。最后，自尊战胜了一切，在轮到我买饭的时候，我使劲儿咽口唾沫一拍屁股溜了。

“你不吃饭啦？”眼尖的韩敏敏端着饭盆堵在我跟前。

“吃过了。”

我说完，歪着脑袋走出餐厅。

口袋空空，肚皮空空。我成了世界上最可怜的人。下午还有半天课呢，怎么受得了？

我独自趴在教室前的栏杆上揉肚皮，一边揉，一边看满嘴流油、肚皮滚圆的同学们陆续走出餐厅去操场散步或者回教室。

我于是一个劲儿在心里埋怨老爸的吝啬和冷酷。

“不去吃饭，想当饿死鬼吗？”

我转过脸，看见索马里站在我跟前。好家伙，居然主动理我！

"怎么可能？我这么帅、这么有风度，饿死也成不了鬼。"我强颜欢笑。

"走，"索马里把头一甩，"去吃饭。"

"我，我吃过了。"

"走吧。"

我有点皮厚、有点激动地跟着他重回餐厅。什么自尊，什么骄傲，统统见鬼去吧。

真的是吃饭，根本就没有菜，只有免费汤。

索马里把一盆喷香的白米饭和一碗紫菜蛋花汤端到我的面前，自己捧起另一碗汤，一股脑儿浇进白米饭里："吃吧。将就一点。"

我张嘴想说什么，又咽了回去，学着他的样子连汤带饭一起往嘴里扒。

出乎意料的好吃。

我填饱肚子，忽然觉得欠了索马里一个大大的人情。

说好下午 4 点来接我的，老爸却迟迟没来，也没派车来。

我挎着行李候在校门口，看见索马里背着包朝公交车站走，步履匆匆。

坐公交车一定很拥挤、很难受。我似乎已经不记得仅有的一两次坐公交车的感受了。

就在我呆头呆脑回忆坐公交车的时候，阿 sir 从一边走过来。

"柯倪亚，我有事找你。"

我望着他惯有的严肃表情，突然想起他收了索马里手机的事，便挺起胸膛说："我也有事找你。"

我想帮索马里把手机要回来。

阿 sir 把双手插在牛仔裤兜里，说："什么事？"

"你先说你找我什么事。"我说。

阿 sir 从裤兜里掏出一张 5 元面值的人民币："拿去。"

我的眼睛发亮："这是我老爸叫你稍给我的饭钱吧？怎么只有 5 元？起码也得 50 元！怎么到现在才拿出来，我都……"

"的确是你老爸叫我给你的。"阿 sir 一本正经地说，"但不是饭钱，而是回家的路费。他打电话给我，说没时间来接你，让我借你钱，你自己坐公交车回家。"

"天！"我叫起来，"他自己没空可以叫司机嘛！司机没空也可以再派其他人嘛！我是不是他儿子！"

"是他儿子，你就听他的话。"阿 sir 把 5 元钱塞进我的手里。

我把 5 元钱揉在手心里，气鼓鼓地说："他不派车来接，我就不回去！他也太过分了，不给我饭钱，还让我坐公交车……"

沉默了一会儿，阿 sir 说："你还没说你找我什么事儿。"

我说："你为什么收了索马里的手机？哦，苏马立。"

"谁说我收了他的手机？"阿 sir 说，"肯尼亚，你说的？"

他居然知道我的绰号！

我浑身不自在："你真的没收他的手机？"

"那是救命的手机，我怎么能收？"

"啊？"我的脑子不够用了。

"告诉你也无妨。"阿 sir 说，"前段日子，他的爸爸病情加重了，医生说一定要有亲人的关心，那病才不至于继续恶化。居委会送了他们父子俩每人一部手机。现在就靠着每天早晚

苏马立问候和关心的短信，他爸爸的病情才得以控制。”

原来如此。

……

我默默地展平手上的 5 元钱，一步步朝公交车站走去。

相较之下，我终于看清自己的狼狈与无知。我终于懂得爸爸的心思，终于知道该怎样长大。

吃饭店

钱尔剑跟我说，他晚上要去吃饭店。

我说，你吃饭店还是吃厕所，跟我没关系，干吗跟我唠叨。

他说，他可以带一个人一起去。

我鼓着腮帮子笑出来。

我跟在他的后面，有一种很幸福的感觉。这种幸福，是要去吃饭店的人才会有的幸福。有了这种幸福，身上背两只书包都感觉不到沉。

街上那么多下班的大人，他们骑着电动车，面无表情地往家赶，谁都不看我一眼，谁都不知道：我跟着钱尔剑去吃饭店啦。

石板路上同学们三五成群，嘻嘻哈哈，边走边吃他们在路边摊上买的零食，一点儿都没注意到我。要是他们知道我去吃饭店，一定会羡慕得下口水雨。

“向成，你吃过最高档的饭店是哪家？”路上，钱尔剑问我。

我说：“我没有吃过饭店。”

他愣了一下，笑笑：“跟着我，有你吃的。”

我转到现在的学校只有不过两个星期。以前我在老家，那里没有饭店。就算有饭店，我也吃不起。

走了好长一段路，钱尔剑回头说：“把我的书包给我。”

我说：“不用。我的力气大着呢。”

帮他背书包，是我感激他的方式，也是我唯一能做的。

我跟着他穿过马路，走过密林般的停车场，站在了饭店的大门口。

一辆银色的轿车悄然驶过来，停在我跟前，挡住了我进饭店的路。

穿着制服的服务生很有礼貌地拉开车门，把一位面色白如面粉的中年妇女和一个穿着连衣裙的女生请下车。

那条连衣裙的后片挂着闪亮的金属链，很刺眼。

“她怎么把项链挂在背上？”我问钱尔剑。

“那不是项链，是衣服上的装饰品。”他笑呵呵地说。

城里人真奇怪。

轿车从我身边开走的时候，钱尔剑拉拉我：“宝马 X5。”

“什么叫宝马 X5？”我木讷地发问，“那是车，不是马。”

钱尔剑捂着肚子笑。

我的自卑感油然而生：“要不，你一个人进去吧，我回家了。”

“咱们是铁哥们儿，有福同享，进去吧。”

他甩一下头，往旋转的门里走，我不会走那样的门，索性从侧面的门走。

“咚”的一声，我突然感到额头好疼。

“喔哟！撞到玻璃上了！怎么这么不小心？”钱尔剑走出来，紧张地说，“会不会撞成脑震荡呢？”

穿着制服的服务生也连忙过来关心我，问要不要送我去医院。

“没事儿。”我强颜欢笑，摸摸干净得不可思议的门玻璃，“一点儿事儿都没有。”

就是有事儿，我也一定说没事儿，因为没事儿才能顺利吃到饭店的菜嘛。

“你也真是的，”钱尔剑说，“正门不走，非走边边角角。”

我嘴硬：“谁叫你不拉着我？”

钱尔剑一把拉住我的胳膊，带我走进旋转的大门。

我有点晕。

“小帅哥，你叫钱尔剑吗？”盘着头发的漂亮服务员问。

“是啊。”钱尔剑很牛的样子。

“你们的包间在308，请跟我来。”

我们随着服务员进入电梯。一个星期之前，我乘过一次阶梯式的电梯，这种房间式的电梯，我是头一次乘。我站在里面，能明显感受到自己被送往上空，脚下有些轻，头有些晕乎，还看见头顶上的数字从“1”变成“2”。

“要是电梯足够高，是不是可以一直把我们送到太空？”我问钱尔剑。

他“嘎嘎嘎”地笑，搭着我的肩膀说：“你会死于大脑缺氧。”

我吐吐舌头。

我们出了电梯间，跟着服务员沿过道往里走。

我注意到地上铺着的地毯红黄相间，很喜气，质地十分柔软，走在上面很舒服，比我家的被褥要高档许多倍。

墙壁上，是一幅幅我看不懂的画。

“你明白这些画画的是什么吗？”我问钱尔剑。

“不明白。”他甩甩头，“这是抽象画，不用明白。”

我的脑子不够用了。不明不白的画，把它挂出来干吗？

城里人真奇怪。

进入308房间，我的眼睛不够用了。

厅里灯火辉煌，长条形的桌子拼成一个大大的正方形，中间的地毯上摆放着巨大的盆花，那些血红色的花灿烂地开放，让人联想起一条条舌头——狗的舌头。

桌上铺着淡绿色的桌布，摆放着透明的酒杯、金色的碗碟、金色的勺子和头顶镶着小银球的红筷子，都是令我感觉很陌生的东西。

钱尔剑把我背上的两只书包放下来，丢进一边的沙发里。

“我们坐吧。”

他说着，在靠近门的座位上一屁股坐下。

我的腿有些不自在地僵着，说话也不利索了：“看这样子，是会议室吧？怎么摆上餐具了？”

“呵呵哈……”钱尔剑笑得浑身乱颤。

就连我身后的服务员也发出了“噗”的声音。

我的脸微微地发烫。

“这是餐厅，如假包换的餐厅。”钱尔剑说，“今天我爸请客，要来好多客人，圆桌坐不下，所以用长条桌。”

“哦。”我点点头。

城里人真奇怪。

听钱尔剑说，他的爸爸是做化工生意的，这些年顺风顺水，挣了很多钱。

钱尔剑似乎看出了我的紧张，拍拍我，说：“你是来吃饭的，不是来开会的，放松一些。”

我狡辩：“我放松着呢。”

经过目测，我发现一圈长条桌好像有36个座位呢！

过了一会儿，陆续有客人进来，都是些很有风度的大人，男的穿着西装，女的穿着裙子。钱尔剑叫他们某某叔叔、某某阿姨，一看就知道他们相互之间十分熟悉。

他们跟钱尔剑打过招呼以后，目光大多望向我。

我傻呵呵地对他们笑。

“我哥们儿，向成。”钱尔剑把我介绍给大家，“别看他穿得朴素，他家可牛了，光别墅就有3幢。”

我的头皮生生地发麻。

“你爸爸是从事什么行业的？”旁边的一个叔叔很感兴趣地问我。

“瓦匠。”我脱口而出。

“盖房子的！”钱尔剑飞快地接过话，“搞房地产，专门开发高档楼盘。”

“是吗？”

周围热闹起来。

“都有哪些楼盘？介绍给我们，说不定我们有兴趣哦。”一个阿姨说。

“在外地。”钱尔剑信口开河，“远着呢！贵着呢！”

我感觉大脑缺氧，浑身上下不自在。

又过了一会儿，一位长着络腮胡子的叔叔和一位披着大波浪卷发的阿姨一起进来。

大家站起来“钱总”“钱太”地打招呼。

看得出，这是钱尔剑的爸爸、妈妈。

“这么巧，你妈妈也姓钱。”我小声咕噜。

“我妈妈姓宋，不姓钱。”钱尔剑说。

“那别人都叫她‘钱……’”我忽然明白自己有多迟钝。

大家都坐好后，钱尔剑的爸爸、妈妈朝我看过来。

我有些胆怯地躲闪着他们的目光。

“老爸、老妈，这我的同桌向成，铁哥们儿！”钱尔剑乐呵呵地说。

“向成?”钱尔剑的爸爸笑容可掬,“多好的名字!”

“钱总真是龙生龙,生的儿子多会交朋友,家里搞房地产开发的,很有来头哦!”一位阿姨对钱尔剑的爸爸说。

我把头闷下去,不敢抬起来。

“呵呵,交朋友嘛,只要人品好、学习努力就可以了,家境倒也无所谓。”钱爸爸大大咧咧地说。

“是啊是啊,人品最重要。”钱妈妈补充,“我经常提醒我们家尔剑,做人是第一,要诚实、善良、正直……”

服务员把生日蛋糕推出来,我才知道今天是钱爸爸的生日。

大家忙着给他唱生日歌,忙着敬酒、祝贺。

我看着那个5层高的蛋糕,口水直流三千尺。

一大堆仪式过后,我终于分到一小块蛋糕,便狼吞虎咽地吃起来。

“慢点儿吃,”钱尔剑说,“别像没吃过似的。”

我就是没吃过。

我们老家人没有过生日的习惯。

接着是上菜。服务员给每个人上一样的菜,一小碟、一小碗陆续不断地送过来,很丰盛。

“这粉丝煮得太烂了。”我凑上去看钱尔剑的小碗,“你的呢?”

所有的人都看着我。

“哦,”钱尔剑对大家说,“向成说话幽默,总喜欢把鱼翅说成粉丝。”

原来这就是传说中的鱼翅。我晕。

钱尔剑拉着我给钱爸爸敬酒，用的是苹果汁。钱爸爸说："跟你爸爸说一声，选个周末两家人一起聚聚，说不定有合作的机会。"

我尴尬极了。

看来我真的要死于大脑缺氧。

"听见没？"钱尔剑敲我的背。

我"哦哦"地点头，恨不得找条地缝钻进去。

"不过向成他爸爸在外地，很少回来。"钱尔剑对他爸爸说。

散席之前，钱爸爸给了我一个大大的红包，我不敢接，钱尔剑帮我接过来。

"拿着。"

我心里很别扭。

这顿晚饭，我稀里糊涂吃下去很多东西，反正服务员端过来一样，我就解决掉一样，一点儿都没剩。

但是，我的胃里胀鼓鼓，心里却空荡荡。

"向成，"钱尔剑搂住我，"今天吃饭店，快活吧？"

我不说话。

"收获很大吧？"

我还是不说话。

"吃饭店的机会多着呢，以后我还带着你。"

"不了。"我的鼻子一阵发酸，"我以后不吃饭店了。"

我把那个大红包塞进钱尔剑的书包，挺起胸膛头也不回地走了。

唯一的借书人

生活真是奇妙。

一切都在我的意料之外。

莫名其妙的考试失利，导致我与重点高中擦肩而过。

虽然妈妈没有说什么，但在和她相处的每一秒，我都能清晰地感受到她的失望和焦虑。

莫名其妙的鼻炎发作，导致我每天清晨流涕不断。

尽管我每天很有规律地喷药水，却似乎无济于事。

我陷入从未有过的郁闷，大脑变得迟钝。

两个人的家本来就很冷清，再加上一个个坏情况的出现，家里便再无生趣。

我于是放任自己把头发披散下来，打马拉松

电话，大口大口地吃薯片，听最疯狂的 DJ，玩最刺激的电脑游戏。

这个假期似乎注定是漫长又煎熬的。

当然，只在白天妈妈不在家的时候，我才允许自己放纵。只要妈妈一下班，我就会克制一些，安安静静地坐在沙发上看电视或者吃水果。

可是，我们还是起冲突了。

一个周末的傍晚，停水了，妈妈用壶里的开水做了面条。

面条太淡了，我找来辣酱，大朵、大朵地涂在上面，这样好吃一些。

“你怎么可以吃辣酱?”妈妈突然问。

我的嘴巴辣得说不出话，鼻涕不由自主地流出来。

“你知道不知道你的鼻炎正在发作?”妈妈夺了我的碗，把自己的那碗面推到我的面前，“吃这个。”

我站起来揉揉鼻头说：“吃饱了。”

然后我倔强地转身，回房。

我的情绪滑到了低谷。

世界上没有鼻炎的人那么多，为何偏偏不放过我?

周围考上重点高中的同学那么多，为什么不算我一个?

为什么?

日子恍恍惚惚地过去，我和妈妈之间的距离越来越远。我乖乖地喷她买的药，乖乖地吃她做的晚饭，却不愿意跟她多说一句话，也不愿意多看她一眼。

不是因为我有多任性，更多是因为我的自卑感在作祟。我辜负了她的期望，所以没有亲近她的勇气。

而同时，我又不想让她觉察到我的脆弱和颓废。

我决定出去走走，散散心。

一个雨后的午后，我踩着干净的雨水，漫无目的地上街溜达。

街上没什么人，空气很新鲜，一家新开的书店闯入我的视线。

喔，薄荷书店。多么芬芳的名字！

我怀着一份好奇心走进去。

这是一家特别的书店，装修是高雅的紫色调，整个屋子里弥漫着淡淡的薄荷味儿，让人神清气爽。

我直奔魂牵梦牵的小说处，随手拿起《少女安妮》，迫不及待地翻开，情不自禁地走近安妮……

“你喜欢这本书？”

一个温和的男声。

我抬起头，看见书架侧面站着一个瘦瘦的男生，他浅浅地对我笑，单眼皮下的眸子清澈明亮。

“哦……这个书店……是你的？”我环顾四周。

“我是这儿的伙计。”他的脸上绽放着青涩的笑容，“谢谢你光顾。”

我突然有些不好意思，扬扬手上的书说：“这本书我买了。”

“真的吗？”他变得很激动，“你真的决定买下这本书？”

我付了钱，转身离开的时候听见他喃喃自语：“今天总算开张了。”

看样子，书店的生意不是很好。

我于是回过头对他说：“我下次还来。”

他有些小小的慌张：“谢谢，谢谢。”

《少女安妮》将我深深地吸引住了。我如饥似渴地一遍遍阅读着，安安静静地享受，忘了听歌，忘了上网，忘了聊天。

但是，我没有忘记妈妈的存在。我晚上把书藏在她找不到的地方。我知道她反对我看这类小说。在她这几年开给我的书单里，没有一本这样的小说。

我希望这本小说可以成为我的秘密。

从小到大，我很难有秘密。妈妈很有本事，能洞察我的心思，知道我试穿过她的裙子、抹过她的护肤水，知道我有一本3厘米厚的同学录，她甚至背得出我好几个同学的电话号码。

和这样的一个妈妈生活在一起，我很谨慎。

这次，她不会知道我有《少女安妮》，更不会知道《少女安妮》带给了我怎样的思考。我的大脑似乎又能思考了。

一个星期后，我又去薄荷书店。我要用所剩无几的零花钱为自己再买一本小说。

我推门而入，熟悉的薄荷味儿把我轻轻包围，我觉得自己很清爽。

那个浅笑吟吟的单眼皮男生好像并不在。我有点失望。

我的手指从小说架最上面的一排书上慢慢划过，在《踮脚张望的时光》那儿停留片刻，却毫不犹豫地拎起旁边的《明年夏天再爱你》。

看上去，这是一本关于爱的书。

这一瞬间，我的心莫名地激动。

“你想读这本书？”

我抬起头，又看见那双充满睿智的眼睛。

我连忙把书放回去，抽出《踮脚张望的时光》。

他把《明年夏天再爱你》取下来，在我面前晃了晃说：“你应该读一读这本书，它用最动人的情节讲述了一个 16 岁少女的励志成长史。”

哦，是励志的！

我于是放开胆子抓过书，翻起来：“呵呵，那我买了。”

“对不起，这本书……不卖。”

“什么？”我叫起来，“开书店不卖书，吃什么？”

他含蓄地笑着，拍拍我身边的书柜说：“从今天开始，这个柜子里的书不卖，其他的都卖。”

“没道理嘛！”我觉得不可思议。

“你可以借。”他说，“5 毛钱一天。”

有这么好的事！我欣喜若狂。

他说：“你这么喜欢读书，成绩一定很棒吧？”

我叹了口气：“哪儿啊！被重点高中拒之门外了，很落魄。”

“哦，”他若有所思，转而又无所谓地笑，“没什么啦，我也以为自己一定能考上重点高中，现在还不是跟你一样？不过我觉得，普通高中一样能出人才。”

原来同是天涯沦落人！

我们敞开心扉聊起来，聊初中生活，聊同学，聊小说。

从交谈中，我得知，这个书店是他的姨妈开的，他利用暑假的时间过来帮忙而已。

抱着书离开的时候，我的心情好极了。

真的没有想过，在这个沉闷的暑假，我能有这么好的小说可以读，能有这么阳光的朋友可以交。

生活真是奇妙。它给了我狠狠一棍子，几乎将我击倒，却又扶我站起来，给我一颗大大的甜枣。

《明年夏天再爱你》很感人、很有力量，一点一点燃起我的信心。

我认认真真地写下自己的阅读心得，洋洋洒洒两张纸，然后带着书和心得去找单眼皮男生。

他大方地跟我交流阅读体会。

我一次次地去借书、还书，再借、再还……

我们成了好朋友。

我的生活因为小说，因为他而发生着变化。那个放任自己穿着拖鞋和吊带衫站在阳台上大喊大叫的女生再也不见了。

妈妈还是早出晚归，但我们之间的距离变得近一些了。

我小心地藏着关于小说的秘密，像是一个亏心的小鬼，开始有意讨好妈妈，哄她开心。

我的鼻炎有所好转。

转眼快开学了。

我再次踏进薄荷书店，却没见到他。

等了好一会儿，还是不见他像往常一样调皮地冒出来。

收银台里面坐着的，是一个陌生的中年妇女。

我忍不住打听："阿姨，那个……"

天！我居然连他的名字都不知道。

不过，这又有什么关系？

阿姨想了想说："你是来借书的吧？呵呵……那个摆满小说的书柜，随便你挑。"

"他呢？"

"你是说我外甥？嗯……这不是要开学了嘛，他得准备准备。"

我有些失望。

还了书，我没有再借。

小说看过瘾了，接下来我要全力以赴读书。

他说得对，普通高中一样能出人才。

我要做普通高中里最努力的学生！

只是没事儿的时候，我会想起他，想起那双睿智的眼睛，那个浅浅的笑容。

我有了见他的冲动。

一个星期天的午后，我走进薄荷书店。老板已经换了，就连书柜的位置都变了，薄荷味儿荡然无存。

想起来，暑假里的一切仿佛是一场梦。单眼皮男生是上帝派来点化我的天使吧？现在梦醒了，我再也找不到他。

找不到就找不到吧，我会记得他的笑。

一个休息日，我和妈妈一起去医院看望住院的外公。在走廊的尽头，我见到了一个熟悉的身影。

我悄悄追上去。

医生说，他患有先天性心脏病，初二就休学了。

我的心隐隐地痛。

他穿着病号服，头发杂乱，面色蜡黄，嘴唇泛紫。见到我，他还是浅浅地笑。

“你还好吧？”我控制着自己的情绪。

他说：“小毛小病，没什么大碍。”

“谢谢你，让我读到那么多好看的小说，帮我找回了自信。”我由衷地说，“你真是个好心人，崭新的书都舍得拿出来借给人家……还有你姨妈，也是好心人。”

“你是唯一的借书人。”他说。

我听不明白。

“有一位姓秦的阿姨，有一天来到我的店里，给我讲她女儿的故事，还请我借小说给她的女儿读。所以，你要感谢的是她，不是我。”

姓秦的阿姨？那是我妈妈！

我的思维僵住了。

这个“唯一”来之不易，这份感动永刻我心。

星期五下午放学的时候，迪迪老师走过来拍拍我的肩膀："钟小惠，星期天的小作家采蜜活动，你愿意参加吗？"

我有些受宠若惊。我做梦都想加入文学社，成为小作家，然后参加他们一次又一次的采蜜活动。可是，我的作文有些糟糕，不够资格发表在校刊上。迪迪老师说了，作文发表在校刊上的人才可以加入文学社。

"不是不是……"我嘟哝着，"我不是文学社的呀。"

"这有什么关系呢？"迪迪老师笑起来像一朵脆生生的白兰花，"只要愿意，谁都可以参加的。"

"真的吗？"我的心蹦得飞快，"那个……可不可以带零食？薯片、牛肉粒、口香糖什么的？”

“嗯……你要是去的话，可以适当带一些。”迪迪老师的声音柔柔的，像棉花糖。

“那么，可不可以不穿校服？”我说，“我的校服太大了，不好看。”

迪迪老师伸出洁白光滑的手指，在我的鼻尖上轻轻捏一下：“谁说一定要穿校服呢？你可以把自己打扮成一只蝴蝶。”

“蝴蝶？你知道我有一条蝴蝶裙？我穿上它真的像一只蝴蝶呢！”

我“呵呵呵”地笑，背上书包一蹦一跳地走出教室。

我可以去逛博物馆、去爬山，可以背一个装了零食的斜挎包，还可以把自己打扮成蝴蝶，这是一件想起来就开心得要命的事情啊！

吃晚饭的时候，我忍不住“咯咯”地笑，还把妈妈夹进我碗里的已经堆成小山的红烧排骨一块一块地还给她。

妈妈伸着脖子一脸诧异地望着我。

我晃晃脑袋说：“我今天减肥，明天也减，直到后天晚上才可以吃排骨。”

“为什么？这是为什么呢？”妈妈被我吓得傻愣愣的。

我终于憋不住了，告诉她迪迪老师请我星期天和文学社的同学们一起去采蜜。

妈妈听了比我还激动，“嘎嘎嘎嘎”笑起来：“是吗？钟小惠，迪迪老师真的请你参加小作家采蜜活动？太棒了！我们小惠有出息了。到时候你可要乖一些哦。”

“妈妈，你放心，”我拍着胸脯说，“我一定会采很多很多的蜜回来，写一篇很好很好的作文，发表在校刊上，然后加入文学社……呵呵哈。”

“那就好。”妈妈的眉头皱起来，“可是，为什么要减肥呢？”

我搓着嘴巴“哦哦呃呃”了好一会儿才说：“保密。”

睡觉的时候，我趴在床上翻来覆去。妈妈走过来亲我的额头：“钟小惠，你喜欢做的梦在等你呢，赶紧睡呀。”

“不急不急，我的梦很快就要实现了。”我说。

妈妈跟着我幸福地笑。

我熄了顶灯，又悄悄地打开台灯，从衣柜里取出我最喜欢的那件奶白色的蝴蝶连衣裙，还有粉红色的针织披肩和黑色金属腰带。

尽管我知道蝴蝶连衣裙已经小了，但我还是相信自己可以把它穿上。那可是我 9 岁的时候，我的那个大款爸爸送给我的六一节礼物。现在我 11 岁啦！时间过得真快。两年过去了，我没有再收到他的任何礼物。因为他和我们分开了。

我拉，我拽，我使劲儿撩。嗯，好了，蝴蝶连衣裙终于裹在了我的身上，虽然腰身和袖口都有些紧，但总算是服服帖帖、妥妥当当。

可是，当我找出以前的连裤袜的时候，却发现那些袜子都旧得起球了。

我当然不可以穿一双起球的连裤袜去参加那么重要的活动。

想了想，我找出一张散发着奶昔味儿的便笺纸，提笔写起来。

我要仔细地罗列一下明天要做的事。

1. 要买的东西:白色卡通打底袜一条(不能太透明,免得被露肉)、新发夹一对(最好是奶白色蝴蝶形的,跟裙子配)、牛肉粒一中包、薯片两矮罐、巧克力一小条(这个很贵)、蓝莓味儿木糖醇一盒。暂时就这么多,到买的时候可以再添些。哦不,还有饮料!橙汁吧,一小瓶。

2. 要带的东西:史努比斜挎包(里面装零食、湿纸巾)、太阳镜、太阳伞、手表、MP4、照相机。

写完这些,我还是精神抖擞,睡不着,便给路路打电话。

路路是我的大脑袋同桌,看上去笨笨的,鼻梁上架副粗框眼镜,可每次数学测验,他的分数都比我高,他的作文在校刊上也已经发表过八回了。这家伙!

电话通了。

“喂……哪位?这么晚了有事吗?”

不好,是阿姨。我赶紧挂机,一看床头的闹钟——10点半了!

睡觉。

……

我左等右熬,星期天终于像鸭子走路似的慢吞吞地晃到了我的眼前。

我把自己打扮成一只蝴蝶,愉快地飞出家门。

到了校门口,我发现迪迪老师没有来,带队的是大饼脸、小眼睛的小朱老师。

她是我们班的实习老师,整个人滚圆滚圆,看上去像一只随时要流出馅儿来的粽子。

尽管她一见到我就对我笑,但我还是不喜欢她。

她为什么就不能长漂亮点儿呢？为什么不规定老师一定要长得漂亮点儿呢？

我的出现引发了一片唏嘘，男生们“哇哇”尖叫，女生们“啧啧”议论。

令我傻眼的是，他们都穿了老土老土的校服。

“叫什么叫？说什么说？没看见过我钟小惠打扮得漂亮的时候呀？”

我在心里大声地说。

前座的女生转过脸，想问我什么，却又吞吞吐吐问不出名堂。

我挺了挺胸膛说：“我……我知道，我不是文学社的小作家，但是我告诉你，只要努力，我也可以写出好文章，在校刊上发表。”

她听了“呵呵”笑。

“是迪迪老师让我来的。”我郑重其事地告诉她，“迪迪老师说了，想参加的都可以参加。”

路路转过头冲我做个鬼脸，起身一屁股坐过来：“钟小惠，我们是去采蜜，不是去走红地毯，你打扮得这么……隆重，干吗？”

“迪迪老师说的，可以把自己打扮成一只蝴蝶。”我理直气壮地告诉他。

“哦。”路路扶住眼镜架，“迪迪老师对你真好。”

“迪迪老师对你也好啊，她去年就让你加入文学社了呢。”我四下张望，“可是，她今天怎么没来？”

“她一会儿会来的。”路路神秘兮兮地说。

等了一会，大巴开动了。

我急得站起来叫:“等会儿等会儿,迪迪老师还没有来。”

可是司机叔叔不听我指挥,“呼呼”把车开得飞快。

小朱老师走过来,眯着眼睛对我说:“一会儿你就能见到迪迪老师了。”

我半信半疑地坐下。

路路丢给我一块口香糖:“嚼,使劲儿嚼。呵呵。像我这样。”

他夸张地嚼着口香糖,鼻子两边的胖肉跟着动来动去。

我被他逗乐了。

我们分享着零食、唠叨着八卦新闻,乐此不疲。

奇怪的是,大巴停下来的时候,窗外并不是气派的博物馆,而是我再熟悉不过的香山湾707号别墅——我的家。

不得了的是,大红的地毯从柏油通道一直延伸到我的家门口,迪迪老师和我的小伙伴们正站在地毯的另一头迎接我,和他们并肩站着的,是我的妈妈。

我浑浑噩噩,感觉像是做梦。

“喔!到啦!”

“钟小惠!下车呀!”同学们喧哗起来。

我站在大巴的过道里,感觉大脑缺氧,呼吸急促。

“小惠,”小朱老师轻轻拉住我的手,“我们的目的地到了,一起下去吧。”

我被大家簇拥着下车,走红地毯,迎接鲜花、微笑和拥抱。

进入家门我才发现,他们把我家打扮得非常漂亮,茶几上堆满了礼物。

“怎么回事啊?”我傻傻地站着,“我今天过生日吗?不是啊,还要等几个月呢!”

“主要是祝贺一下你。”迪迪老师对我说。

“祝贺我?”我不明白。

“钟小惠！你的作文登在校刊上啦!”

“快来看！快来看哦!”

伙伴们嚷嚷着哄抢校刊。

“真的吗?”我兴奋无比,“我看看！我看看!”

迪迪老师把一份校刊拿过来给我。

没错,我清清楚楚地看见,我“钟小惠”的大名变成了铅字,方方正正、漂漂亮亮地出现在校刊上。

“只要在校刊上发表作文,就可以加入文学社。”迪迪老师说,“恭喜你,钟小惠小作家!”

“祝贺你,小惠。”妈妈把我拥进怀里。

我激动得浑身发软。

“好哦!”伙伴们大声嚷嚷着鼓掌。

音乐响起来,大家围着我唱歌、跳舞。我被幸福结结实实地包围着。

……

两个星期后,天空飞着六月最后的雨,我被妈妈送往一个陌生的城市。

她说,从七月的第一天开始,我就要离开她,就要属于另一个城市了。那儿有一幢比香山湾 707 号更新、更漂亮的别墅。最主要的是,别墅里,我的亲爸爸在等我。

我坐在车子里一语不发。

这一刻,我才明白迪迪老师为什么把我那么蹩脚的作文发在校刊上,又为什么和同学们一起大张旗鼓地给我惊喜,祝贺我加入文学社。

他们早就知道我要离开这儿了，所以要给我留下最美的回忆和最温暖的鼓励。

只愿我留给他们的，也是最好的印象。我一定做到了，因为我是美丽、快乐的蝴蝶钟小惠。

腊月十八，天阴冷阴冷，山北的河岸上却热闹起来：长脖子的抽水泵闹个不停，才一夜就把半河青色的水喝得只剩个底。白肚皮的鲢鱼、青脊背的鲫鱼、小脑瓜的鳊鱼，还有那精怪的鲤鱼、矫健的黑鱼全都往河床低洼处挤。“啪啪啪啪”……拥挤的鱼群做着最后的挣扎。

爸爸们早已套上黑亮黑亮的连裤雨鞋，背好鱼篓，就等阿坤队长一声令下，便可从岸上跳下河去，把那些胖乎乎、肥嘟嘟、馋人的鱼儿全部捞上来。

阿坤队长叼一支短烟，像司令检阅自己的士兵一样，严肃又慎重地在捉鱼队伍里巡视一番，突然咂咂嘴，扬起脖子大声问：“小宝呢？怎没见

小宝?”

“小宝忙着娶媳妇呢！哪有工夫捉鱼?”

“喔喔,娶媳妇要紧!”

“小宝娶媳妇,那可是许仙遇上白娘子——千年等一回啊!”

大伙儿起哄。然后便是嘻嘻哈哈的笑声。

阿坤队长猛地吸几口咽,把烟蒂从嘴唇间用力一拔,甩在河埠头黑褐色的裸泥上:“那哪行？腊月十八捉鱼,求的是丰收太平,要的就是齐整！一家一个男人,怎可缺了小宝?”

“对对对,不能缺！不能缺!”

爸爸们这么说。妈妈们也这么附和。最着急的是青婶婶,她朝着和他隔三垄青菜地的云好喊:“去把小宝喊来,说大家都等着哩!”

云哥哥像匹听话的马儿从菜地那头奔过来:“小宝要是不肯来呢?”

“他要是不肯来,就说他娶媳妇那天,大家伙儿都不去帮忙！让他一个人做新郎和伙夫,忙得屁滚尿流!”

“呵呵哈……”

在热腾腾的笑声里,云哥哥转身朝村东头的小宝家里赶。

我不由自主地追上去。

“云哥哥!”

“你跟着我干什么?”

“我要去问问小宝,他娶媳妇那天请谁做催亲童子和催亲童女。”

“反正轮不到你!”云哥哥回过身倒着往前走,“小宝小宝,小宝是你喊的？人家都快结婚了,得叫小宝叔!”

我迎着他跑:"那你怎么喊他小宝?"

"我过年后就 14 岁了,你才 11 岁。"云哥哥说这话的时候眉毛使劲儿往上抬,尽量显出一副很神气的样子。

不就比我多走三年路、多看三年捉鱼吗? 有什么了不起的? 我把嘴巴翘起来,不去看他那趾高气扬的神情。

不过呢,云哥哥说得也有道理。总是"小宝""小宝"地叫,好像是不太合适。人家虽然还没娶媳妇做爸爸,但也是四十开外的人了。可是,山北人老老少少当面、背地都这么"小宝""小宝"地叫,也都习惯了。好像不这么叫他反倒显得不亲热,不这么叫就不是山北人了。呵呵,要是谁客客气气冷不丁冒出一声"小宝叔",不惹出一片哄笑声才怪。

奔出去半个埭,便见一辆灰白色的小卡车在小宝家门口的竹篱笆边停下来。小宝从副驾驶座位上跳下来,搓搓手,招呼驾驶员一起卸家具。

哟! 那刷得雪白、散发着好闻的油漆味的,是一个漂亮的梳妆台,镜面泛着白亮白亮的光,像极了河里鲢鱼的肚皮。

我和云哥哥跟在小宝屁股后面进入屋里——变样了! 原先邋遢的"狗窝"不见了,墙壁新刷了洁白的涂料,木窗安上了粉红的窗帘,房间里多了几样显眼的家具,除了梳妆台,还有一张带靠垫的大木床,一套"L"形大红布艺沙发,新木头的甜香味儿和新布的棉尘味儿交融着充斥着整个房间。尽管这些时尚新家具的加入使得小小的房间拥挤不堪,而且它们和这间老土的旧平房格格不入,但置身其中,我们还是能强烈地感受到娶媳妇的喜庆气息。这就够了。

"小宝,我爸爸要你去捉鱼。"见小宝把梳妆台摆放好,云哥哥赶紧说。

“捉鱼？哦对，要捉鱼了。”小宝显然是被幸福冲昏了头脑，连一年一度的腊月捉鱼都给忘了，“现在啊？”

“嗯。都在河岸上等着呢。”云哥哥挺着急，恨不得伸手去拽小宝。

“都等着呢。”我站在梳妆台前，看着镜子里的自己说。

小宝从脏兮兮的裤子口袋里摸出钱来，打发了卡车司机，转过身对我们说：“叫大伙儿别等了。我没那么多时间。也就两天的事了，还得先去菜场讨讨价钱，合适的话，鸡、鸭肉什么的先买些回来，免得当天涨价，年关了嘛！还得去几个亲戚家邀请他们来吃喜酒，哦对了，喜糖还缺一些……”

“不行。我妈妈说了，如果你不肯去捉鱼，你办喜事那天，大家都不去你家帮忙！”云哥哥理直气壮地说，仿佛没人帮忙，小宝的媳妇就娶不回来。

小宝的小眼睛立马鼓起来：“这不是成心为难我吗？我小宝打了大半辈子光棍，好不容易娶上个媳妇，还不容我仔细准备准备？不去不去，大不了分鱼的时候，我那份我不要了。”

说完，小宝像撵讨饭的一样把我们撵出门去，麻利地锁上门，骑了电动车要走。

“你干啥去！”一个厉声喝住他。

嘿嘿，阿坤队长拉着个长脸风风火火地跑过来。

一见队长，小宝立马傻愣得说不出话。

“爸爸，小宝忙着哩！”云哥哥汇报说，“他有好多事情要做呢！”

阿坤队长不睬云好，盯着小宝说：“你娶媳妇是山北的大事，腊月十八捉鱼也是山北的大事。事有轻重缓急，这捉鱼在前，你娶媳妇在后，得一样一样干，不能着急，不能乱套。等大伙儿忙完捉鱼的事儿，一起动手忙你娶媳妇的事儿，保证让你乐乐呵呵地当新郎，行不行？”

阿坤队长的一席话说得在理，小宝只得放好电动车，乖乖地跟着阿坤队长上河岸……

“你看你看，小宝就怕我爸爸跟他讲道理。”云哥哥指着小宝矮胖矮胖的后背嘀咕。

“你看你看，小宝等会儿穿上连裤雨鞋，那裤子口能提到他的胳肢窝里。”我说。

我们笑成一团。

若不是身材矮了点儿、脑袋小了点儿，就凭小宝这么勤快的人，能找不到媳妇？不过山北人都知道，虽说小宝人长得小小的，又是孤儿，但他找媳妇要求很高。比他矮的不要，高一个头的也不要；小眼睛的不要，眼睛大得像电筒似的也不要；没文化的不要，文化太高的也不要；没丈母娘的不要，丈母娘太凶的也不要……这十几二十年间，大伙儿给小宝介绍了无数个对象，没有一个互相中意的。

这回奇怪了，小宝在窑厂找着合适的了。这不，两个人认识才两个多月，闪电结婚。

“小宝的媳妇长得好看吗？”爸爸们捉鱼的时候，我站在云哥哥身边，好奇地问。

云哥哥注视着河床上白花花的大鱼儿、小鱼儿，看都不看我：“没见过。”

“小宝的媳妇也在窑厂烧火？和小宝一样？”我接着问。

云哥哥还是没看我：“我只知道她也在窑厂干活，烧不烧火不清楚。”

“那她知道不知道小宝长得小小的？”我又问。

云哥哥转过脸笑了:“凤歌,你问的问题让人发笑。小宝的媳妇要是没见过小宝,怎么会答应做小宝的媳妇?她当然知道小宝长得小小的。”

“哦。”我放心地点着头,望向不远处的河床,在密匝匝的捉鱼的队伍里,找寻那个小小的身影。

哈哈,小宝的连裤雨鞋太大了,裤子口果真提到了胳肢窝,可他似乎一点儿都不介意,叉着双腿,哈腰驼背在泥水里逮鱼,忙得不亦乐乎,好像转眼就把娶媳妇的事情抛到了脑后。

糟了!我忘了问小宝请谁做催亲童子和催亲童女了!

算了。云好说得对,反正轮不上我。

按照队里的规矩,当天傍晚在谷场上分鱼,不按人头分,只按户头分。这样一来,小宝是最占便宜的。他一家就他一个人,却跟别的三口之家、四口之家分一样多的鱼,真的很划算。往年小宝总把自己的那份鱼拿出来,自己只留一条大鲢鱼,其他的都给大家分了;可这一次,小宝连一条小鲫鱼也舍不得往外拿了,说要去买两个大罐子,把鱼统统腌起来,和媳妇一起吃。

他整日“媳妇”“媳妇”地挂在嘴上,大伙儿一听就笑。

小宝抹抹脸,有点儿不好意思地对阿坤队长说:“鱼我捉了,该我的份儿我也拿了。那个……腊月二十,叫大伙儿早点儿来帮忙。”

“新媳妇不是腊月二十过门吗?帮忙的事儿得提前。这样吧,明天腊月十九,我和你青嫂子一起喊人来帮你提前张罗……”阿坤队长很负责任地说。

小宝激动得满脸通红。

第二天一早，我还在梦里，妈妈就把我摇醒。她喜滋滋地告诉我，要带我到镇上，帮我买一身绿衣裳。我正纳闷呢，青婶婶带着云哥哥来了。从两个大人叽叽喳喳的谈话里我才知道，小宝选了云哥哥当催亲童子，选了我做催亲童女。按照山北的风俗，腊月二十，小宝大婚的那天晚上，催亲童子和催亲童女必须穿红戴绿，提着红灯笼，和催亲大官人、红娘一起去帮小宝把新娘接来。

云哥哥倒是经常被人家选做催亲童子的，而我还是头一次！说明小宝看得起我！说明我长大了！这简直是个惊喜！

我朝云哥哥挤挤眼睛，神气活现地跟着大人出门去。

“云哥哥，听说当催亲童子、童女有红包拿的，你拿过的，多不多?”我好想知道，“多不多啊？够不够买一个簇新的笔袋?”

云哥哥回答我：“够啊，当然够。”

这个家伙，一定觉得跟我一起催亲掉价了。听说原本和他搭档的女孩子，可都比我高、比我漂亮呢！

管不了那么多了。我心潮澎湃地期待着去迎新娘的那一刻。

腊月二十，阳光灿烂，我的心情跟天空一样万里无云。

催亲的绿衣裳是天黑才能穿的，我却迫不及待地试穿了好几次。穿好，脱下，叠好；再穿，再脱下，再叠好……妈妈说新郎和新娘都不会有我这么兴奋。

怎么会？小宝一定激动得整夜没睡着，新娘就更睡不着了，想着怎么打扮得美若天仙……

小小的山北因为小宝的婚事再一次热闹起来，比腊月十八捉鱼那天还要热闹。大红“囍”字贴出来了，大灶架起来了，

鸡、鸭都蒸上了，香喷喷、热乎乎的，直吊人胃口。请的、没请的，近的、远的，帮忙的、看热闹的，该来的、不该来的，都聚到了小宝家，快把三间砖房撑破了。小宝笑得合不拢嘴，见人就发烟。

中午吃的是白花花的小汤圆，来者有份，人手一碗；下午席开十二桌，冷菜、热菜、大菜、汤菜、点心足足二十二道。

我和云哥哥早早地吃过饭，穿红戴绿，按规矩在新房里等候。

“我们什么时候可以去催亲啊，云哥哥?”我坐在梳妆台前，看见镜子里的他正倚在门框上想心事。

他不吭声，傻傻地挠头发，好像在担心着什么事情。

我们等了好一会儿，催亲大官人和红娘进来了，递给我们每人一个红灯笼。

这次的催亲大官人，居然是由阿坤队长亲自担当，实在是很隆重。

“催亲是一件严肃的事情，你们在路上不可多言语，到了新娘家更不可随意走动和说话。接了新娘，你们要左右伴着坐进汽车，左男右女。新娘进门也要左右相伴，你们要挽住新娘的手臂，左脚跨门槛，扶新娘进屋，一直把她带到新床上坐下，你们的催亲任务才算完成。”红娘嘱咐我们，“千万用心，不可惹新娘伤心生气啊。”

我用力点点头。

没想到规矩真多。

三遍爆竹闹完，我们跟着阿坤队长和红娘坐进了小宝借来的红色小汽车里。

“云好、凤歌，你们一定要在十二点之前把新娘给我接来，听见没？我赏大红包！”小宝从车窗外探进小小的脑袋，“记住啊！”

“十二点？不会那么晚！”我信心满满地说。

乡亲们目送我们的车子驶出村子。我突然感觉责任重大，仿佛如果我们不认真催亲，小宝的新娘就不会跟着来了。

我的心情由激动变成了紧张，身板坐得笔直，呼吸变得急促。

“云哥哥，你说新娘是不是已经打扮好了呢？她一定穿了红绸袄和绣花鞋吧？”我的话不由自主地多起来，“她知道小宝长得小小的吗？”

“这个问题你问过了。”云哥哥小声提醒我，“不要再说话。”

阿坤队长从前座转过身来看了我们一眼。

我知趣地闭上嘴巴。

不知道为什么，我好担心接不到新娘啊。可能是因为第一次做催亲童女，也可能是因为小宝长得小小的，我怕新娘反悔，所以心里七上八下不踏实。

汽车越过黑暗，经过一段颠簸，终于拐入一个亮灿灿的村子。

新娘家里也正办着喜宴，场上站了一些人，可让我奇怪的是，当我们从车里下来时，这些人都迅速跑进了屋里。随即，大门被关起来了。

偌大的场地只剩下我们几个人。

“把红灯笼提得高一些，跟在我后面，我们去催亲。”阿坤队长对我们说。

我们照做，高举灯笼跟在阿坤队长的后面，朝大门走去。

"开门咯——山北小宝心地善,今儿派我来催亲,新娘穿上红袄袄,出门坐上大红轿,跟着小宝享福去! 早生贵子、恩恩爱爱、白头到老、永结同心……"

阿坤队长站在那儿乐呵呵地喊了一大堆好话,可新娘家就是不开门。

"怎么会关门呢?"我急了,小声嘀咕,"原来新娘不愿意做小宝的媳妇啊? 早说嘛。酒席都办了。"

"你懂什么? 这才是第一遍催。"云哥哥轻声回答我,"等到第三遍结束,穿着红袄袄的新娘自然会出现,闷着头就跟我们走。"

我吐吐舌头,松了口气。

过了一会儿,阿坤队长和红娘把随身携带的大红包打开,从里面掏出好多个小红包,要我和云哥哥一起帮忙,把这些小红包从门缝和窗户里塞进去。

大门两侧的窗子打开了,从里面伸出好多只手,好多个声音嚷嚷着:"这里! 这里! 这里!"

我们把小红包往窗口递。

想起来了,去年表姐结婚,男方的人来催亲,我们也是这样,守在窗口抢红包。据说,新郎散发的红包越多,两个人往后的日子越甜蜜。而门里头,哪个抢到的红包越多,日子越幸福。

红包发完,门终于开了。

我激动不已,拉着云哥哥的手臂说:"好了好了,新娘该出来了!"

"还有第三遍呢!"云哥哥不急不躁,"这是最难过的一遍。恐怕咱们得多等些时间。"

“啊?”我抬头瞥见墙上挂着的钟，已经过了九点。

双方在方桌拼接的长桌前坐下。

这边是男方代表，那头是女方代表，谈判。谈什么呢？听了半天我才明白——谈条件。女方要男方出 8 条香烟，可是阿坤队长只带了 4 条。悬殊太大，就僵住了。

“怎么能这样?”我坐得太久，又生气、又着急。

十点过了，但女方的态度依然很强势，丝毫没有让步的意思。

男方好不容易答应明天再补 4 条烟，女方又有了新的要求。这个要求有点奇怪，他们说，将来新娘生了小孩，小孩必须姓新娘的姓，不可以姓小宝的姓。

从阿坤队长近乎凝固的表情里，我知道女方的这个要求不仅奇怪，而且很过分。

双方再次僵持住了。

我坐在那儿连连打呵欠，完全没有了来时的新鲜感和兴奋感。

云哥哥好像也支撑不住了，他用一只手托着腮帮子，眼睛闭呀闭的，喃喃自语:“我早就听说新娘家的人很厉害，这次催亲不会顺利，哎……可怜的小宝。”

十一点过了，双方依然没有达成一致的意见。

这时候，阿坤队长凑过来跟我耳语……我立刻来了精神。

新娘家的亲朋好友依然兴致很高，围着谈判桌闹闹哄哄。我趁乱从桌前溜走，走向贴了“囍”字的西屋。

推门进去，我看见了坐在床沿上的新娘。她比我想象得年轻，比我想象得漂亮，比我想象得高。

难道我是在做梦吗？这么好的新娘，怎么会看上小小的

小宝？

可是，这么好的新娘此时却眉宇紧锁，满脸愁容。等我报出自己的催亲身份，说清楚外面的状况后，新娘做出了一个令我惊喜的决定："车在外面吧？我们先走。我必须在十二点之前到小宝的身边。这是我答应小宝的。"

"我必须在十二点之前把你带到小宝身边。这也是我答应小宝的。"我说。

我们一拍即合。新娘支走了房里的亲戚，在红棉袄上面随便披了件大衣，悄悄出了房门，又趁人不注意，出了大门。

我紧追上去。

我们的轿车顺顺利利地到达小宝家，我把新娘搀扶进新房，让她坐在床沿上，回头看墙上的钟，正好十二点。

鞭炮声把夜的困乏都化开了。焦急等待近四个小时的乡亲们又来劲了，他们端着小宝家热气腾腾的白瓷碗，和新郎、新娘一起吃甜滋滋的小汤圆，说说笑笑，多么快活。

青婶婶拉住我问："云好呢？他怎么没跟你们一起回来？"

我有些不好意思："云哥哥还跟着阿坤队长在新娘家催亲呢！"

满屋子的人都笑了。

小宝给我竖起一只大拇指："凤歌，谢谢你替我把新娘接过来！"

"要谢谢阿坤队长！"我有些害羞地说，"还要谢谢你的新娘！"

桂花香

我该送你一份纪念品。

接近傍晚的时候，天空变成了铅色，不知不觉下起了蒙蒙细雨。快过年了，天却这么阴沉沉的。我坐在客厅里，透过落地窗，又见闹闹扭着屁股绕着花坛里的桂花树悠闲地散步。闹闹是一只胆小安静的无尾犬，长着黑白相间的毛，眼睛和耳朵特别大。它每天都会在桂花树下散步，风雨无阻。

我收起摊在膝盖上的小说，站起身，紧了紧棉袄的腰带，耸耸肩膀，转身朝厨房喊："妈，我冷。"

妈从厨房里端出一大碗冒着热气的小馄饨。那些小馄饨飘在油汪汪、亮晶晶的清汤里，在绿色蒜末的点缀下显得越发可爱和诱人。小馄饨是妈亲手做的，那是妈最得意的手艺。

"赶快吃，吃了就暖和了。"妈说着，从厨房里拎出一个橙色的保温杯，“吃完了给则语送去。”

“我不去。”我塞满小馄饨的嘴巴说起话来含糊不清，“凭什么老是给他送小馄饨？”

“这孩子，”妈瞪了我一眼，“这些年，则语他妈每次做好吃的，不也给咱们家送？这叫礼尚往来。”

我懒得接话，气咻咻地端起大碗站到窗下。要是在以前，我一定会很开心地给则语送小馄饨，可这次，我不愿意。

闹闹还没有离开。细雨中，它用力抖动着肥胖的身子，那一抖，我可真担心它的肚皮会蹭到地面——它真的应该减肥了，跟它的主人一样，都应该减肥。我经常想，如果它和我一起生活，说不定会变得很苗条，和我一样有骨感美。可惜，它的主人是个胖家伙。

想到那个成天笑眯眯的胖家伙，我就气不打一处来。就在几天前，本该属于我的“标兵学生”竟被他硬生生夺走了，我能不恨他吗？

这事儿还得从期末考试说起。

为了能在期末考试中取得理想的成绩，继续蝉联“标兵学生”的宝座，我复习得特别卖力，每天除了完成老师布置的功课，还自加压力：早上关了闹钟，随手就打开复读机听英语，洗刷完毕后背诵语文，吃早饭的时候思考数学题，就连上卫生间的时候在也要膝上摊一本物理书……

虽然才上初二，但我要求自己以迎接中考的态度对待每一次考试，更何况这次是期末考试，事关荣誉，因此我不敢有一丝懈怠。可是结果出乎意料，我考了个全班第二，向则语以总分高我3分的优势排在我的前面。当成绩公布的那一刻，面对同学和老师异样的目光，我默默地把头埋进了脖子里。

身为班长，我平时在班里呼风唤雨，又因为每次考试都能名列第一，所以每学期被评为“标兵学生”，成了骄傲的公主。

然而，这一次的失利使我黯然失色。向则语理所当然地抢走了我头顶的光环，使我变成了灰色的丑小鸭。我嫉妒他，巴不得他立刻转学，哪怕转到别的班，总之不要在我眼前晃，不要跟我竞争。其实在我的内心深处，根本就没有与他竞争的勇气，他的智慧和沉稳我是领教过的，毕竟我们是从小玩到大的同学和邻居。

说到邻居，我忍不住抬起头白了一眼向则语家厨房的窗户。都什么年代了，我妈还来“端馄饨”那一套。以前的人家穷，一年到头难得舍得买猪肉包馄饨，所以要给邻居也送一碗。现在条件这么好，谁还会稀罕几只小馄饨？

可妈常说：邻里好，赛金宝。我怎么没觉得向则语比金子好？他非但不是金子，还是我在班上的绊脚石。我妈竟用小馄饨讨好我的绊脚石。我浑身不舒服。

“雯雯，吃完了吗？”妈又催我，“快把小馄饨送过去。”

我转身瞟了一眼餐桌上那只橙色的保温杯，继续吃我的小馄饨，继续看闹闹。

咦？闹闹跑哪儿去了，刚刚还在抖身子呢！我的目光在桂花树四周搜索，却一无所获。

门铃响了。

我顺手把大碗搁在茶几上，跑去开门。透过猫眼，我看见闹闹扇着大耳朵直勾勾地看着我，还有向则语。他抱着它。

“他来干什么？”我嘀咕，“一定是闻到小馄饨的香味了，真是狗鼻子。”

门铃又响了。

“雯雯快开门呀！”妈喊。

我不情不愿地拉开门。

闹闹熟门熟路地往沙发那儿跑，仿佛回到了自己的家里。它是我们家的常客。

“喂！”我大声喝住它，“你身上又湿又脏，滚一边去！”

我的态度粗暴极了，闹闹吓得连忙放弃沙发，返回向则语的身边，趴在他的脚下，睁着眼无辜地望着我。

“它不叫‘喂’。”向则语微笑着，“你知道它叫闹闹，我们一起给它取的名字。”

我不理会他，自顾自地站到一边。

“是则语！”妈听到向则语的声音，高兴地跑来，仿佛门口站的不是邻居，而是她的亲生儿子，“快，快进来呀，阿姨包了你爱吃的小馄饨。”

向则语还是微笑。从小到大，他除了这个表情，好像没有其他的表情。我都没看见他哭过，也不知道他的眼睛有没有哭的功能。

“快进来呀！”妈热情得简直过分，“荠菜馅的，还热着呢！”

我觉得自己浑身起了鸡皮疙瘩。

“不了。”向则语说，“阿姨，谢谢您给我吃了这么多年的小馄饨。我来是跟你们道别的，我明天就走了。”

我的心一惊，刚暖和一些的手脚又开始变冷。

“走？”妈一愣，说话就语无伦次了，“走……走是什么意思啊？”

向则语看看我，再看看我妈：“阿姨，你知道我们一家都是湖南人，我 5 岁那年，我们就搬到了这儿。本来我们想一直待下去的，可最近两年爸这边的生意越来越难做了，他决定回湖

南老家办厂。所以,我们得走了。”

“那,那你们的房子怎么办?你的学习怎么办?你妈的工作怎么办……”妈似乎有一百个“怎么办”要问,仿佛向则语他们一走,地球就转不起来了。

“妈!”我打断她,“人家要走,关咱们什么事儿,您问那么多干吗?”

也不知道是我的话重了,还是妈真的舍不得向则语,妈的眼睛竟湿润了。

“阿姨您别难过。”向则语说,“有机会我会回来看望您的,我忘不了您的小馄饨,忘不了小馄饨带给我的温暖。”

这回,妈的眼泪掉出来了。她大概不想让我们看见自己的眼泪,便默默回厨房了。

我心里一酸,冲向则语说:“走就走呗,别在这儿煽情。”

“我能和你单独谈谈吗?”向则语不生我的气,“我在楼下等你。”

向则语说着,转身下楼,闹闹默默地跟着下楼。

我站在那儿,面无表情地看着向则语消失在楼道里。我日盼夜盼不就是盼望他走吗?不就是盼望他不要跟我竞争吗?这次他真的要走了,我应该感到高兴才对。然而,我一点儿都高兴不起来。

我下楼的时候,雨还在下,很细、很密。我看见向则语缩着脖子站在桂花树下,闹闹也蹲在那儿。那棵桂花树,是七年前我们两家人一起栽下的。栽树的时候,它的树干只有我的胳膊那么粗,如今都赶上我的腿粗了。我家在后楼,向则语家在前楼,八月桂子花开,满园都弥漫着香味。

我抬头仰望桂花树,心情很复杂。

"你还记得桂花树栽下的那一年冬天吗？"向则语笑眯眯的，"那场雪特别大，我们俩担心桂花树会被冻死，每天一放学就守着它。你还把自己的棉袄包在树干上。"

"结果它没有被冻死。相反，第二年的春天，它长得特别快，一个星期一个样儿。"我说。

"后来它开花了，白色的小花缀满枝条。我们一起轻轻地摇，你把桂花串成手链，阿姨把桂花洒在小馄饨里当香料。那一阵，屋里、屋外全是桂花香。"

"你妈最能干了，她居然会做桂花糕，香香甜甜的桂花糕入口难忘。还有你爸，把桂花晒干了泡茶，喝的时候摇头晃脑的。"

"你爸不也一样？他用桂花做米酒，就着米酒吃花生，很陶醉。有一年，我和你一起偷吃米酒，差点儿醉了……"

"那些事情好像都发生在昨天。"我感慨道。

"是啊。"

我突然害怕向则语走，后悔盼他走，甚至认为他的离开跟我的诅咒有关。如果他愿意留下，我甘愿做第二，因为我不愿失去这份友谊。而之前，因为一次考试成绩，因为"标兵学生"，我竟然无视这份友谊的珍贵，我差一点儿失去它。

一滴眼泪滑出我的眼眶，我很快把它抹去，伤感地望着向则语："只是……以后桂花再开的时候，我们再也不能一起分享它的芳香了。"

沉默了片刻，向则语说："有件事儿我得拜托你。"

"说吧。"我说。

向则语躬身把闹闹抱起来，用一侧的脸蹭蹭它潮湿的短毛，然后把它递给我："我走后，你照顾好闹闹。"

"你为什么不把它带走？"我感到疑惑，"你那么喜欢它。"

"我知道你也喜欢它。而且，它离不开桂花树。"向则语说。

我伸手抱过闹闹，让它沉甸甸、湿漉漉的身体紧贴我的胸膛："我会照顾好它的。"

"我相信你会的。"

"我该送你一份纪念品。"我咬咬牙，不让眼泪再次滚落，"我送你什么呢？"

"你就送我桂花香吧，"向则语伸手抚摸桂花树干净挺拔

的树干，“来年，等桂花开足了，你使劲儿摇桂花树，我一定能闻到桂花香。我们还能一起分享桂花树的芳香。”

我轻轻地点头，盼望来年桂花早点儿开。

阿里在别人面前沉默寡言,却唯独和我有讲不完的话,还经常死皮赖脸向我借东西,这让我觉得自己是个与众不同的天使。也许,阿里就是我童话里那个摄人心魄的男主角吧。

“木篮,《我的红狐狸妹妹》!”阿里隔着窄窄的过道朝我小声喊。

“朵朵刚借去。”我侧倾身体,“明天借你看。”

“我现在就想看。”

“明天给你看。”

“不嘛。”阿里像女生似的撒娇。

“晚自习看什么课外书!你以为你是班长就可以胡来啊?再不懂事,本小姐生气啦!”

“别生气,别生气,”阿里忙说,“我给你讲个笑话，说是……读小学四年级的胖胖实在胖得不像话。一天，老师要他在联络簿上记下帮家里做的事，胖胖怎么也想不出来，最后只好由妈妈代为填写。妈妈在联络簿上写了：胖胖每天帮家里吃饭。呵呵哈……笑死我了……喂，你怎么不笑？”

“没什么好笑的。”我甩甩头发，“写作文啦，等会儿要交的。”

“嗯。”阿里挑挑眉毛，“下次给你讲个更好笑的。”

看他乖乖抓起笔写作文，我才把桌肚里那本我钟爱的《我的红狐狸妹妹》掏出来，衬在写完的作文纸下一行一行地看。

写得太感人了！我完全被吸引并处于深度感动中……

“好看吗？”

“好看。”我喃喃地说，“我的五脏六腑全部浸泡在感动的液体里，湿答答、脆生生、不堪一击……”

一只白酥手将我的作文纸“呼”地掀起……

我这才意识到自己的弱智和失态。

“花木篮，晚自习看小说该当何罪？”学习委员赵丫丫都快把眼珠子瞪出来了，“你说，这么大的事情，我是现在就去告诉班主任呢，还是等会儿告诉班主任？”

我瞅瞅前面、左边和右边，发现好几个同学都盯住了我的脸和嘴唇。

“那个……那个……”我翕动着嘴唇说不出完整的话。

“赵丫丫，这事儿交给我来处理，你把这个发下去。”关键时刻，阿里英雄救美，从桌肚里取出一叠“问卷调查”，一本正经地吩咐赵丫丫，“现在就发，明天这个时候收上来。”

赵丫丫拱拱鼻头，不情不愿地从阿里手上接过那叠白纸。

我拍拍胸口，不好意思地把《我的红狐狸妹妹》递给阿里：

"对不起哦,借你看吧……"

"呵呵,"阿里眯着小眼睛笑,"你看吧,看完再借我。"

我感动得表情一度僵硬。

这个班长,平日里在别人面前铁面无私,像包公,却在我面前"哼哼哈哈",对我的撒谎和违纪毫不在意,这让我油然而生出一种浅浅的矜持和骄傲。

天,他是不是喜欢我了?

这么想着,我的心"咚哒咚哒"跳得飞快。

可是,他那么优秀,我这么平凡,怎么可能?

这么想着,我不觉讨厌起了自己的不出众。

也许我应该努力让自己漂亮一些,温柔一些,能干一些,优秀一些,好配得上阿里对我的这份难能可贵的包容和友好。

于是,我开始刻意打扮自己,学校花穿百褶裙,放慢语速奶声奶气地说话,走路不再跌跌撞撞,上课的时候背挺得笔直,对所有的人都笑脸相迎……

与此同时,我注视阿里的次数越来越多:上课的时候看他,下课的时候更要看他,活动课上时不时地从人堆里找他。他在别人面前依然沉默少言,却愿意和我侃侃而谈。我的心被柔软的幸福包围着……

转眼到了周末。

放学的时候,阿里整理完书包来到我身边,塞给我一本厚厚的书:"看看这本小说,也许你会有更多的收获。"

"《流动的花朵》,写什么的?"我把书拿起来。

"你看了就知道。"

阿里说完一歪嘴巴:"走啦。"

我握着书站在那儿心跳加速,心里巴望着书里面会藏个

小纸条什么的。

“嘿，木篮！”朵朵冲过来拽我的胳膊，“快走快走，大家都已经走了。”

“这么着急干什么去啊？”

“哎呀你忘了吗？今天是双月的双周末，咱们班爱心小分队行动的日子……”

“哦。”我拍拍脑门，“差点儿忘了。”

可不是吗？每逢双月的双周末，我们就会去附近的向阳花幼儿园看望小朋友们，跟他们说说话，做做游戏。

这个活动最初是阿里提出来的，那时候我们才初二。现在我们已经快初三毕业了。

拥着朵朵坐上公交车，我才看见阿里已经坐在倒数第二排临窗的座位上了。

他面无表情地望着窗外，眼睛里闪烁着令人难以捉摸的忧郁。

直觉告诉我，他的眼睛里有故事，心里有牵绊。

会不会和我有关呢？我多情地想。

我不由自主把手伸进书包，轻轻摸了摸阿里给我的那本厚厚的书。

里面，究竟会不会有个小纸条什么的呢？

想着，我的脸不觉烫起来。

“你知道吗木篮？”朵朵把手拢到我的耳根，“阿里小时候得过一种病。”

“什么病？”

“孤独症。”朵朵说，“我是听他以前的小学同学说的。我就不明白了，怎么孤独症的男孩子长大以后会变成一个优质男生呢？功课棒，打篮球棒，唱歌也棒……”

“阿里会唱歌吗？”我感到惊讶，“没听过啊。”

“我听过。”朵朵得意起来，“告诉你哦，有一次，我在芒果班的窗外看见阿里跟小朋友们一起活动，他唱的是《大公鸡》，‘大公鸡，穿花衣，花衣脏了自己洗，不用肥皂不用水，扑棱扑棱用沙洗。’他一边唱，还一边学大公鸡洗澡……可认真啦！”

“呵呵哈……”我忍不住笑，还忍不住回头看阿里。

不料正巧他也在看我，我们的目光毫不设防地交汇，他坦然地冲我微微一笑，我像贼一样地避开。

为什么我回过头去的时候他正巧也在看我呢？难道他一直盯着我的后脑勺吗？

我浑身泛起麻酥酥的眩晕。

我们进入向阳花幼儿园，阿里开始给大家分组。

这一回，他很自私地把我和他放在一组，要我和他一起去芒果班。

以前我都是和朵朵一组的。

向阳花幼儿园是一所特殊幼儿园，里面的小朋友身体和心智发育都跟正常人有很大区别，有的聋哑、有的肢残、有的智障。他们被安排在不同的班级里，接受特殊的训练和帮助。

芒果班里的十几个小朋友都是孤独症患者。

这是我第一次进入芒果班。

我跟在阿里身后走进孩子们的中间。

孩子们一见到阿里，眼睛里立刻有了光芒……

阿里给他们唱《柳树姑娘》，还要我伴舞。

“柳树姑娘，辫子长长，风儿一吹，甩进池塘，洗洗干净，多么漂亮，洗洗干净，多么漂亮……”我在阿里的歌声里羞羞答

答地跳起舞来，俨然成了他心目中婀娜多姿的美丽公主……

是的，这一刻我真的把自己当成了公主。至少我自己是这么想的。

"说真的，阿里，你唱歌不怎么样。"从幼儿园出来，我和阿里还有朵朵在路边等公交车的时候，我大大咧咧地说。

阿里看看我，有些尴尬地耸耸肩膀，不说话。

我这才意识到自己的不礼貌。

朵朵冲我会心一笑："哦，我的 106 来了，先走一步。"

她说完，飞奔着去迎接远处开过来的一辆车。

"对不起，"我有些不好意思地看看阿里，"其实我是想说，小朋友们很喜欢你的歌。看得出来，你已经和他们打成一片了。"

阿里笑了："走，我请你喝可乐。"

"就我们俩?"我慌起来，"不不不，我不喝可乐。"

"那就喝矿泉水。"

我鬼使神差地跟着阿里走进附近的一家饮品店。

我们临窗相视而坐。

这是我第一次和一个男孩子面对面地坐着。像是约会。

"我给你讲个笑话，很好笑的，听完不许不笑哦。"阿里大口大口地喝可乐，乐呵呵地说起来，"我认识一个女生，她根本就不是个淑女，却每天强迫自己穿裙子，还夹紧喉咙细声细气地说话，你说可笑不可笑?"

我的腮帮子鼓起来。

"笑哇。"阿里调皮地趴在桌上逗我。

我的脸一定红极了。

"木篮，其实你穿牛仔裤就可以了。"阿里正经起来，"很帅，很犀利。”

“真的？”

“真的。”

“犀利你个头！”我顾不上少女的矜持，站起来朝他吼。

这个书呆子，怎么就看不出我穿上裙子以后的妩媚和可爱？

我大步流星走出饮品店，走在回家的路上。

阿里紧紧地跟在后面：“别生气啦，我只是实话实说……”

……

我理所当然地放弃了百褶裙。

我们就这样不紧不慢、不愠不火地相处着，隔着一条窄窄的过道，促膝而谈，相视而笑……我用心地感受着成为他童话里的公主之后的甜蜜和自豪。

尽管他借给我的书里并没有藏小纸条，甚至没有一个多余的笔迹，但我知道，我们之间有秘密——不俗的秘密。

我呵护着这样的秘密发愤读书，学习成绩节节高升。

转眼中考结束了，我们都取得了理想的成绩。

毕业前夕，在向阳花幼儿园的活动结束后，我们并排走在熟悉的街道上。

“我请你喝可乐。”我说。

他乐坏了。

我们第二次相对而坐。还是那家饮品店，还是那个临窗的位置，不过这一次，我勇敢了许多。

“明天就要网上录取了。商量一下吧，我们上哪所高中？”我先开口。

“我上江海中学。”阿里不假思索，“你呢，外语那么好，就

上外国语学校吧，那儿的高中部可是顶呱呱的哟。”

我愕然：“我们……不一起吗？”

“一起？”阿里似乎不明白。

“我们可以上同一所高中，然后上同一所大学……”我说。

我以为他的心里也是这么想的，我以为他会一直需要我。

他笑了：“嗯，也对，你是我的哥们儿，咱俩应该在一起。”

“你把我当哥们儿？”我紧张起来。

“当然。”阿里笑得“嘎嘎”响，“你看你呀，长得像个假小子，像极了我小学里的同桌。呵呵，你们的名字都差不多，你叫木篮，他叫穆澜。咳，那些日子是他帮助了我，使我变成一个敞开心扉、积极向上的人……可惜的是，他早就跟着父母出国了，我见不到他……”

原来他一直把我当作他的哥们儿穆澜。他感激他、想念他，所以对我这么好。

我不知道该说什么，一副无地自容的样子。

“怎么啦？”他问。

“没什么。”我抬起头，郑重其事地说，“我看我还是上外校吧，你上你的江海。”

说完这句话，我竟有一种久违的轻松。

说声对不起

"你的家庭作业做错了。"初老师拍拍郝启航的肩膀,"等会儿重新做一下。"

郝启航正在修理笔袋上的拉链,假装没长耳朵。

初老师走回讲台,一本正经地对大家说:"值日老师告诉我,昨天我们班又有同学在课间光顾校门口的小店,一下买了三辆装甲车。现在大家说说,是谁呀?"

"郝——启——航——"同学们拖长了声音。

尽管那些"装甲车"都只有巴掌那么大,但还是吸引了大家的注意,每个人都知道郝启航课间去了小店。

郝启航闷着脑袋继续摆弄笔袋上的拉链,装

聋作哑。

初老师有些生气:“郝启航,怎么又是你?上个星期因为你课间溜进小店,咱们班的流动红旗都没了。我强调过多少次了,没事别往小店里钻……”

“我去小店当然有事,我买车嘛。”郝启航开口了,但手和眼都没有离开笔袋,“没事我进小店干什么?”

初老师更生气了:“你的脸皮怎么这么厚?”

“不知道。”郝启航咕哝,“你去问我妈。”

“呵呵哈……”教室里一阵哄笑。

初老师的面子挂不住了:“你给我站起来!”

郝启航扭扭屁股,不慌不忙地继续弄他的拉链,对初老师的话充耳不闻。

初老师指挥不动他,便掏出手机朝他努嘴:“报一遍你爸爸的电话号码。”

“不记得。”郝启航说。

“你妈妈的呢?”

“不清楚。”

初老师气得不行,但在全班同学面前,她还是强作镇定,很有风度地对郝启航说:“我现在不跟你计较。咱们课后再说。”

这节是班会课。按理说课间进小店这类事情,就应该放在班会课上严肃处理。但初老师意识到郝启航是颗钉子,所以决定延缓处理。

谁知郝启航不识时务地冒出一句:“课后也没什么好说的。”

初老师火了:“你什么态度?一点儿都不服管教。哪有你这样的学生?”

“哪有你这样的老师!”郝启航扔下笔袋站起来,火气不比初老师小,“你一天到晚只知道包庇张宇,张宇无论做错什么,你都不批评他。而我呢,我只要有一点点不合你的心意,你就没完没了地指责我。”

初老师愣住了,不知该怎么接话。

郝启航说的张宇,就坐在郝启航的后面。他是一个可怜的孤儿,自从7岁那年失去父母,就跟外婆相依为命,日子过得艰难,人也孤僻、倔强,小错误不断,但初老师处处爱护着他、包容着他,从不对他发火。

此刻的张宇一脸的羞怯,脑袋重重地垂下了。

郝启航气咻咻地坐下,又站起来:“还有,你说我昨晚的家庭作业做错了。我不就是把12课的词语抄成了11课的吗?有什么大不了的,非得补起来吗?你知道那多浪费时间和精力?你有我没有考虑过我的感受?”

郝启航说完一歪脑袋,又坐下,接着修他的拉链。

同学们都被吓了一跳。一直以来,没有人敢用这样的口吻跟老师说话。

初老师咬着嘴唇,想说什么,又咽回去,伸手猛地夺过郝启航手上的笔袋,“嗖”地扔向窗外的走廊。

郝启航起身侧着脑袋朝走廊张望,看见自己的笔袋无辜地躺在地上。

教室里的气氛空前紧张。

“你现在必须跟我说三句话,第一句是‘对不起’,第二句也是‘对不起’,第三句还是‘对不起’!”郝启航一本正经对初老师说。

初老师默默地去走廊把笔袋捡回来，“啪”地丢在郝启航的课桌上，一个字也不说。

“我不要笔袋，我要你跟我道歉。”郝启航把笔袋扔到讲台上。那架势，仿佛他是老师，初老师是他的学生。

初老师的眼睛湿润了。她看看大家，看看手上的手机，径直走到墙角的书柜那儿，从里面拿出《班主任手册》，翻开有学生信息的那一页，找到了郝启航爸爸的电话号码。

“您好，我是初老师，请马上到学校来一下。”

郝启航歪着脖子站在一边，不住向初老师做猪脸。

好好的一节班会课，成了郝启航和初老师的斗争课，同学们都用不满的目光看着郝启航。

班会课结束后是吃午饭的时间。

郝爸爸来了。为初老师打抱不平的同学们你一言我一语，把事情的来龙去脉告诉了郝爸爸。

郝爸爸神色凝重。

同学们都去食堂了。

郝爸爸来到初老师的面前：“初老师，您先去吃饭，这小子交给我吧。”

初老师站在窗前，很难过，却不吭声。

郝爸爸把郝启航的书包从桌肚里拉出来，把桌面上的书和作业本胡乱塞进书包，一把拉住郝启航：“回家去。”

“我不！”郝启航死命抓住黑板槽，“她扔我的笔袋，还没向我道歉呢！”

郝爸爸把书包挂在肩头，试图把郝启航整个儿扛起来。

“不要这样。”初老师制止道，“别带他回去。先让他去吃饭，吃完了你再跟他心平气和地谈谈。”

郝爸爸于是把书包塞回郝启航的桌肚。

初老师空着肚子回到办公室，独自把事情的前前后后想了几遍，握着笔袋，不禁陷入沉思。想想自己走上讲台十年有余，却从没碰到过这样的钉子、受过这样的委屈。不过自己也有错，说人家脸皮厚是错，扔笔袋更是大错特错。郝启航不就是溜进小店买了点小玩意儿吗？至于大惊小怪吗？老师要面子，学生也要面子啊！

尽管觉得自己有错，但要在全班同学面前跟嚣张的郝启航说对不起，初老师做不到。

过了好一会儿，有人轻轻地把门推开一条缝，塞进来一张纸条。

等初老师发现那张纸条，拉开门找人，人早就没影儿了。

初老师捡起纸条，只见那上面写着：

初老师：我错了，跟您说声对不起，请您原谅我。

郝启航

初老师看着这行字，心里热乎起来，竟想起了郝启航的好：除了马虎一点、贪玩一点、嘴硬一点，他没什么大的毛病。他的优点很多，比如发言踊跃、活动积极、心直口快……初老师的眼眶再次潮湿了："这孩子……"

下午第一节是阅读课，初老师匆匆啃了点饼干便去教室。

同学们坐得比往常更端正，看来初老师的威信并没有因为郝启航对她的不敬而受到丝毫影响。

初老师朝郝启航的座位看去——他坐在那儿，低着头，眼帘下垂，神情和上午判若两人。

初老师窃喜，觉得郝爸爸真有办法，这么快就让这只好斗的公鸡服软了。

“给你。”初老师把郝启航的笔袋放到他的桌上，“这拉链我一时半会儿修不好，你先用着，改天我拿去给你换新拉链。”

“不用了。”郝启航说，“这样也能用。”

一场风波总算过去了。

接下来的几天里，郝启航没有再在课间跑进小店买东西，家庭作业也能按时准确完成。初老师心里宽慰起来。

周末放学前，初老师把郝启航领进办公室，从抽屉里取出一个崭新的笔袋，塞给他：“你的那只笔袋还是早点退休吧。这是我特意为你准备的，希望你能喜欢。”

郝启航托着笔袋看了看，想了想，把笔袋放到初老师的办公桌上：“我不要。谢谢。”

“怎么不要呢？”初老师急了，“不喜欢这个式样，还是不喜欢这个颜色？”

“式样和颜色都不错。”郝启航说，“有您的道歉就够了，笔袋就免了吧。”

“道歉？”初老师一头雾水，“我……”

“您写给我的纸条我看到了。没别的事儿，我走了。”

郝启航说着走开了，丢下初老师一个人喃喃自语：“我什么时候给他写纸条了？明明是他写纸条向我道歉的嘛。”

初老师重新找出那天收到的纸条，仔细端详起来，越看越觉得这不像是郝启航的笔迹，而是另外一个人的笔迹。

“是张宇！”初老师大吃一惊，茅塞顿开，“他不仅冒充郝启航给我写道歉的纸条，还冒充我给郝启航写道歉的纸条？”

那天，她光顾着高兴，竟忘了核对笔迹。从表面上看，张宇试图模仿郝启航的笔迹应该瞒不过初老师的火眼金睛，毕竟她每天批他们的作业，怎么会认不出他们的字？

初老师被震撼了。她快步走出办公室，想把张宇找来，问他为什么要那么做。但走到教室，她犹豫了。

张宇正在收拾书包。

初老师走过去轻轻搂住张宇的肩膀，意味深长地拍了两下："好孩子，谢谢你。"

"对不起，初老师。"张宇说。同样意味深长。

星期一，上课之前，初老师当着全班同学的面，郑重地对郝启航说："那天我不该扔你的笔袋，现在我当面向你道歉，跟你说声对不起。"

郝启航抓抓头发，笑了："是我不好，我早就想跟您说声对不起了……"

教室里响起热烈的掌声。

那夜花开 月光晴朗

我终于恢复了自由。

我没有办法接受朱朱的约请。于我而言，接受这份约请就意味着服输，我做不到。

朱朱是我初二的英语老师。大概是因为有个特别俗气的名字吧，我记得开学头一天，她就明确告诉我们不可以打听她的名字，就算打听到了也不可以对她直呼其名，还要我们都亲昵地称呼她“朱朱”。

我们说，我们可以叫你“朱老师”，或者“MISS朱”，或者“朱师傅”。她说，大家都叫她“朱朱”，她听习惯了。我们就都暗暗觉得好笑。她才不知道我们喊她“朱朱”的时候，实际上脑海中呈现的都是“猪猪”两个字。

我现在初三了，不归她管。所以我遇见她的

时候可以不再像以前一样哈着腰,我可以伸直脖子从她的肩膀边擦过,嘴角微微扬起,夸张地耸眉毛、眨眼睛。

以前归她管的时候,一般情况下,我不会这么嚣张。

其实啊,做老师的都别太神气,你教人家只是一两年,顶多三四年,最多也就五六年,要是凶巴巴地跟后妈似的,拜拜了谁理你?还不如客客气气、温温柔柔,倒可以换来我们做学生的一辈子的感恩。

不过话又说回来,朱朱并不是那种特别强悍、特别歇斯底里的老师。我在她班里的时候,她对除我之外的同学都和颜悦色,凡事有商有量,唯独对我横眉竖眼,要求高得不着边际。

这都是因为我们家大牛。

我们家大牛不知道哪根神经搭错了,居然惹上了朱朱。一开始,他只是给朱朱打打电话,问问我的学习情况,后来事情弄复杂了。

这还是去年圣诞节前的事儿。有一天早上,我出门的时候,大牛往我的书包里塞进一个包装精美的小礼物,嘱咐我到校后立马交给朱朱。

我说,这年头早就不流行给先生送礼了,你要是真心拍先生的马屁,就把我这头二牛调教得油嘴滑舌、人见人爱一些,好让朱朱高兴。

大牛鼓起金鱼眼,有动武的意思,我撒腿往楼下冲。

我最看不惯送礼走后门这种事情,但这是大牛的一片心意,我不忍违背,所以只好硬着头皮像做贼似的推开朱朱办公室的门……气愤的是,朱朱居然厚着脸皮笑眯眯地接过礼物,没说一句客气话,好像我们家大牛孝敬她礼物是理所应当的。更出乎我意料的是,第二天下午我放学的时候,朱朱从车棚的

一侧像一阵风一样吹过来，塞给我一个同样包装精美的小礼物，要我交给大牛。我望着她的背影，心想：她还知道还礼，我们家大牛不算亏。

没想到有了第一次，就有了第二次；有了第二次，就有了N次。大牛和朱朱把我当成了快递员，隔三岔五要我传递礼物。

傻子都知道他们之间有了故事。

当意识到这点的时候，我严肃认真地找大牛谈了一次话，明确表示这个快递员我不当了。我们的谈话非常简洁。

“你什么意思？三天两头跟人家交换礼物。”

“你夸张。没那么高的频率。”

“信不信我告诉老牛?”

“别。我还不是为了你。你的英语成绩那么糟糕,要是朱朱不照顾你点儿,后果不堪设想。”

“别拿我当幌子,你是不是……喜欢她?”

“你小子闭嘴!”

然后,我们昂着脑袋对峙,鼻子里发出此起彼伏的“哼哼”声。

最后我警告他:我不喜欢朱朱,而且朱朱不是好惹的,我不希望她的名字跑进我们家的户口本。大牛梗着脖子没有吱声儿,眼神里掠过一丝慌乱和激愤。

我双手合十,虔诚地祈祷:但愿大牛并没有真的看上朱朱,我宁愿相信他是为了我才去讨好朱朱的。

应该是这样吧。大牛是个多么出色的家伙呀,典型的“三高”人群:身材高、学历高、收入高。而且他的五官长得也挺震撼:黄晓明的眼睛,王力宏的鼻子,张杰的嘴巴。帅得过火。他可是我们家三头牛中最玉树临风、潇洒倜傥的。

偏偏这头牛赖上了朱朱。

这下好了,经过一番严正交涉,我这个快递员是不用当了,可朱朱让我改做抄写员。她说我连单词和课文都背不出,那是永远也学不好英语的,所以只有抄抄抄,不停地抄,除非我能把它们统统背出来。这还不算,每天午饭后我还得到她的办公室接受口语训练。她说她不可以放任我学哑巴英语。我腆着装满米饭、白菜和鸡腿的肚子窝在堆满练习册、作业本的办公桌前,盯着朱朱油光发亮的红嘴唇,一遍又一遍地跟着说单词、说句子。空气中弥漫着浓烈的红墨水味儿、护手霜味

儿。总之在这时，我的脑子浑浑噩噩，不听使唤。

一两天是可以的，三四天也能忍受，五六天还能勉强坚持，但是两个星期下来，我宣布崩溃。

那天中午，太阳特别好，阳光从玻璃窗射进来，满屋子都金灿灿的。我勇敢地告诉自己该出面给自己一个全新自由的生活。于是我对朱朱说，你不用这么辛苦辅导我了，中午的时候该喝茶喝茶，该休息休息，该上网偷点儿牧草什么的也别耽搁，我可以在教室里自学。朱朱偏不领情，她说她就喜欢辅导我，这让她充实，让她有成就感。天呐，在我看来，她这是把自己的快乐建立在我的痛苦之上。我把牙齿咬得"咯咯"响，一转身，晃晃肩膀离开。

我终于自由了几天。

然后是紧锣密鼓的期末考试。不可思议的是，我的英语居然有了不小的长进。大牛说这归功于朱朱，我说写试卷的可是我二牛本人。

看我有了进步，朱朱更起劲儿了，春天一到就张罗着继续帮我开小灶。除了要我做抄写员和背书员，还要继续训练我的口语。她也意识到了中午补习的效果事倍功半，于是单方面决定把辅导的时间从中午挪到了傍晚。

傍晚，这可是我一天中最自在、最幸福的时光。以前的傍晚时分，我可以和哥们儿一起骑着单车去买手抓饼，可以踢一会儿足球，或者在马路上玩双脱手，嘴巴里疯喊："我的爱变成夜里月光晴朗……看月光晴朗……有些光芒即使微亮却不退让，像夜里的阳光……"

这是马天宇的《月光晴朗》，唱起来令人感觉心情舒畅。

然而那只能成为回忆了。

我的傍晚变得异常无聊。

一放学，朱朱就把我带到学校附近的街心公园。四月的星光下，朱朱和我面对面坐在草地上，用英语交流。她说，只要我跟着她大胆地说，勇敢地回答她的问题，我的英语水平一定会突飞猛进。

我说我饿了，说不动话。朱朱像变戏法似的取出一块蛋糕，递到我的鼻子尖上。

吃了人家的嘴软，我只好耐下性子跟她学。周围有些嘈杂，我可以用眼睛的余光看街市霓虹闪烁，看车灯闪闪烁烁。风经过矮小的花木丛灌进脖子，我感到有些冷。人家都热热乎乎地往家里赶，而我却坐在冰冷的草地上学说这无趣的外国话……我觉得朱朱简直就是上天派来折磨我的。

大牛却为此欣喜若狂。我明白，朱朱越是对我抓得紧，他越兴奋，越有成就感。真是搞不明白，我怎么会有这样变态的亲哥哥。

要是我有个弟弟，我的弟弟有个朱朱那样的英语老师，我一定会找朱朱算账：喂喂喂，你知道不知道中学都在减负呀，减负减了好多年了你懂不懂，你抢占我弟弟的课外时间补习英语，不是公然违背减负政策吗？再说，初二是中学阶段最幸福的时光，该让我弟弟自由自在地享受这段时光。下次不许了哦，不然我告诉你们校长，再不然我告诉你妈妈。

瞧瞧，这才是做兄长的样子嘛！

唉——可惜大牛没有这点觉悟。

这种日子我苦苦挨了一个多月。为了在傍晚时分拴住我的人，朱朱每次都给我准备小点心，把我的胃牢牢拴住。法式面包、香酥蛋卷、巧克力派、玉米烙、小笼馒头、黄金糕、枣泥

饼、三鲜煎饺、海棠糕、羊肉串、马蹄酥、肉夹馍、汉堡、鸡翅、肉包子……一个月不重复。幸好有美味诱惑,不然的话,我还真难以维持那份学习的劲儿。

可是我很快就对此彻底失去了耐心。五月的星空下还有些微凉,我却感觉浑身发烫,因为我决定了,我要对她说不。我们面对面地坐着,她递过来一份冒着热气的叉烧包,我没有接。她的手一直托着那份点心,眼睛望着我,写满自信和威严。我的目光越过叉烧包的热气,掠过她光洁的额头,我注意到她身后一丛醒目的红色,那是开得正火的一串红,一如我这一刻呼之欲出的火气。我站起来,拍拍屁股说:"点心我早就吃腻了,我想早点回家。"

我拎起书包,扶起自行车,头也不回。

我唱着凯歌回到家,盘算着在吃晚饭前还有小段时间可以上个网,没想到一进门就被大牛教训起来。

二牛你出息了,竟然把朱朱一个人丢在公园里。人家利用自己的休息时间帮你补习英语,分文不取,你凭什么不领情?她还不是为你好?你的心是石头做的还是铁做的?赶快打电话道歉,不然不许吃晚饭……

大牛絮絮叨叨,我却感到气愤。

"我凭什么向她道歉?你愿意,你去道歉。"

我说完,扭过头溜回房间。

这个朱朱告状告得够及时,比我的自行车跑得还快。我恨死她了。

第二天一早,我像一头小疯牛似的冲进她的办公室,当着很多老师的面大声喊她"朱——娣——娟",嚷嚷着告诉她我不会再接受她的课外辅导,然后径直逃开,完全不顾她的

面子。

我从此不愿跟她多说话。

她也不再为难我了。

我终于恢复了自由。

为了证明没有她的辅导我一样可以学好，我私底下拼命学英语。

我们相安无事地度过了初二最后的时光。

我的期末考试，英语成绩超过了我的数学成绩。这是我做学生八年来第一次出现的状况。

大牛激动得大呼小叫，说要请朱朱到家里吃饭。我强调这是我个人努力的结果，不需要办什么谢师宴。大牛便不再坚持。

花开花落，转眼秋意渐浓。我的初三生活有条不紊地进行，我虽然还会在校园里遇见朱朱，但我再也不会忐忑，不用担心会被她抓去补习。只是，当我们擦肩而过的时候，不管我的表情如何嚣张，她都很有风度地对我微笑，仿佛如初见。每每这时，我的心头会涌上莫名的歉意。

我知道几个月前的那天早上，在她的办公室，小疯牛伤害她很深。但是我不会跟她说对不起，更不会接受她的约请——她请我参加她的生日晚宴。

虽然我比较贪吃，但我叮嘱自己不能去。我要是去参加，不就等于向她承认错误吗？

两天后，我们在食堂通往教学楼的过道里再次遇见。她坚定地对我说，二牛你一定要来，你不来，我的生日就不过了。

我怔在那儿，回不过神来。

我二牛在她的心目中就那么重要？一个倔头倔脑、自以

为是的家伙，一堆扶不上墙的烂泥，她会这么在意？

我浑身不自在了，我更加自责了，我在心里服输了。

尽管如此，出于面子问题，我还是不太愿意直接告诉朱朱，我愿意接受她的约请。我问大牛，我该去吗？大牛说，你不但该去，而且必须去。

晚上，老牛来电话了，嘱咐我去参加朱朱的生日晚宴的时候，穿得牛一点儿，别给大牛丢脸。我听不明白老牛的话，老牛爆出一条惊人的消息。他对我说，在我认识朱朱之前，我们家大牛和朱朱就是一对，他俩原本打算去年订婚的，哪知我升初二时恰巧分在了朱朱的班里。为了不让我在心理上产生优越感，也为了不让我在班里太受瞩目，大牛和朱朱隐瞒了这个情况。现在朱朱不再教我，所以他们可以订婚了，日子就选在朱朱的生日那天。

我听完，张大嘴巴傻了半天。

原来是这样！真是难为大牛、难为朱朱了。幸好没有让我提前知道朱朱是我未来的嫂子，不然的话，她就更加管不住我了，我在班里就有恃无恐、无法无天了。

我很自责。如果我不是那么淘气、那么倔强、那么自以为是，他俩也就不用煞费苦心、藏着掖着了。

尤其是朱朱，她那么善良。

思来想去，我给朱朱打了个电话，约她傍晚在老地方见，请她再给我补习一堂口语训练课。

她答应得那么爽快。

月光下，我们席地而坐，点点野菊将我们环绕，清香弥漫。我们相视而笑。

“开出来了，原来这是野菊，”我挠挠头发，“以前我还以为是一片野草。”

“是啊，这种野菊看上去并不起眼，但一样开得自信、快乐，充满积极向上的力量。”

顿了顿，朱朱接着说：“就像你，二牛，看似成绩平平不起眼，却聪明，有个性，依靠自己的力量取得了一次又一次的进步，开出了自己的精彩。”

“那还不是你的功劳……”我仰望星空，“朱朱，我……以后我叫你姐姐吧。不管你的名字到头来会不会落进我们家的户口本，你都是我的姐姐。”

我说完，感到自己的心里升起一束晴朗的光，微亮却不退让，像夜里的阳光。